Dagmar Graupner
Konzert für Soloklavier

AF203051

Dagmar Graupner

Konzert für Soloklavier

Erzählung

© 2019 Dagmar Graupner

Umschlaggestaltung: Karlfried Krauß
Umschlag: Die Abbildung des Flügels erfolgte mit freundlicher Genehmigung
von ZECHLIN PIANOHAUS, Ahrensburg (Hamburg).

Lektorat, Korrektorat: Schreibwerkstatt Birgit Freudemann, Tröstau

Verlag & Druck: tredition GmbH, Halenreie 40-44, 22359 Hamburg

ISBN: 978-3-7482-7860-3 (Paperback)
ISBN: 978-3-7482-7861-0 (Hardcover)

Bibliografische Information der Deutschen Nationalbibliothek:
Die Deutsche Nationalbibliothek verzeichnet diese Publikation in der Deutschen Nationalbibliografie; detaillierte bibliografische Daten sind im Internet
über http://dnb.d-nb.de abrufbar.

Wer Bäume setzt, obwohl er weiß, dass er nie in deren Schatten sitzen wird, hat begonnen, den Sinn des Lebens zu begreifen.

Rabindranath Tagore

An jenem Tag regnete es ununterbrochen. Schon nach wenigen Metern war ich durchnässt, was mich jedoch nicht zur Umkehr bewegte. Ich hasste es, einen Schirm zu benutzen, kniff die Augen zusammen und schritt entschlossen durch das Geschwader fallender Perlen. In der Luft lagen Aromen von gewaschener Seide. Ich genoss meinen Ausflug, der zum Abenteuer werden sollte, doch ahnte ich das nicht. Dass ich in jenem Moment Gedanken an das nicht wasserfeste Make-up meiner Augen verschwendete, erscheint mir aus heutiger Sicht ebenso überflüssig wie meine übergroße Verstörung wegen der Entdeckung, die möglicherweise ein Schirm hätte verhindern können - indem sein Stoff sich als Sichtschutz zwischen Personen jenseits und diesseits einer Fensterscheibe erwiesen hätte, ein Schutz vor drohenden Turbulenzen.

Die Scheibe gehörte zu einem Friseurgeschäft - und ich war schirmlos. Nicht abgeschirmt. Und nicht vorbereitet auf ein Ereignis, dessentwegen der Himmel, stellvertretend für mich, Tränen vergoss, die einen Film über der Szenerie bildeten. Unentschlossen, teils renitent verharrend, teils rinnend den Gesetzen der Schwerkraft unterliegend, konnten sie trotz ihrer Vielzahl nicht die Sicht verhindern auf das, was wie eine plötzliche, brutale Änderung der Regieabfolge einschlug in die geglättete, wenn auch versehrte Ummantelung meiner Zufriedenheit.

Bis zu jenem Augenblick war ich es aufs Neue: zufrieden. Zufrieden, wenn ich um 22:22 Uhr bei 22 Grad das Schlafzimmer betrat (ein gutes Zeichen), zufrieden auch, weil ich David mochte; ich hatte ihn gern. Vielleicht war ich deshalb so ausgeglichen, weil kein Sturm mehr meine Seele verwüstete, kein Feuer mich verzehrte, sondern wärmte. Wir hatten uns eingerichtet in unserer Behaglichkeit; ich war dankbar dafür und sah nichts Schlechtes darin. Sollte ich mich so getäuscht haben? Wir vertrugen uns bei Tage und in den Nächten, es gab selten Streit, unser Leben hatte zur Ruhe zurückgefunden, war aber keineswegs langweilig.
Zufriedenheit fühlte ich, wenn irgendwo im Hause Geräusche vernehmbar waren, die seine Anwesenheit bezeugten, die Anwesenheit meines Mannes - das sagt man eben so - David; *mein Mann* … niemand gehört einem anderen. Und doch wird an diesem Tag, durch die schlichte Bestätigung dieser letzten altbekannten Tatsache, keines unserer Schiffe jemals wieder einen sicheren Hafen anlaufen.

David und die Friseurin - wie der Titel eines dritt-
klassigen Films wiederholt sich diese Wortfolge,
durchläuft alle Stadien der emotionalen Berg- und
Talfahrt, besonders jene der Talfahrt, bis eine Art
Selbstschutzprogramm meinen Stolz aufruft und
mich zur Gegenwehr nötigt.

Die Milch, die ich besorgen wollte, habe ich nicht
gekauft, an den Weg zurück in unser mit einem Mal
so befremdliches Haus erinnere ich mich kaum.
Noch immer lösen sich Tropfen aus meiner Klei-
dung und den Haaren, die ich nicht beseitigen werde, ebenso wenig, wie ich tilgen kann, was ich sah
und für immer sehen werde. David und die Friseuse
- ich hielt mich für aufgeklärt, bin jedoch bis ins
Mark erschüttert, beraubt aller Sicherheit.

Wasser mit Wasser abwaschen. Nichts soll meine
Stimmung verraten. Du wirst nach Hause kommen, David. Es ist zu spät für mich zu reagieren,
Sachen zu packen und einfach nicht mehr da zu
sein. Doch schwimmt diese Vorstellung mit mir in
den warmen Fluten der Badewanne, erzeugt ein Ge
fühl der Wehrhaftigkeit, das meine Angst und die
kümmerliche Wut mildert. Ich werde nicht mehr da
sein, eines Tages, aber diesen möchte ich bestim-
men. Wenn du heute die Wohnung betrittst, wirst
du mich heiter finden, heiter und zugleich kühl. Ich
werde dich sehen, ganz neu und mit anderen Au-

gen - was ich besaß und was ich verliere -, du wirst mir fremd sein und ich werde dich mit Interesse und Trauer betrachten. Diesmal bist du es, der ahnungslos ist.

3

Wenn man das Ende voraussieht, ist es möglich, auf andere Weise zu beginnen, eine Korrektur am Verlauf vorzunehmen, etwas zu ändern oder zu vermeiden. Ohne zu wissen, ob die folgende Methode die bessere ist.
Wenn man das Ende kennt, bleibt es das Ende. Was einen Neuanfang nicht immer ausschließt. Doch ist die Zeit des schläfrigen, zuversichtlichen Vertrauens abgeschnitten von meinem künftigen Erleben. Was immer du in Zukunft beginnen wirst, David, ich werde sehen, was ich sah, werde dein Lächeln wie deine Zärtlichkeiten beargwöhnen, werde mich fragen, was von alldem echt ist und was schauspielerische Herausforderung. Doppeltes Gewicht dagegen wird jeder Unmut haben, jeder noch so kleine Missklang. Mein Unwille zu sprechen und die Frage, wie lange du bereits schweigst, werden den Schlusspunkt setzen, unweigerlich. Natürlich kann ich verzeihen - sofern dir daran liegt; ich bin weder naiv noch rachsüchtig -, halte aber nichts von

Reanimation in Liebesdingen. Wie ein Objekt aus einem Secondhand-Laden, dessen Stücke gut sind, aber gebraucht und von ihrem Träger aussortiert, werde ich mich fühlen müssen. Damit wird für mich alles Kommende entweder zweitrangig oder aber zu wichtig, nichts wird mehr die Ungezwungenheit besitzen, die unser Zusammenleben leicht machte und angenehm.

Diesen Kampf werde ich nicht aufnehmen.

4

Du fandest mich heiter, als du am Abend - war es spät? - den Flur mit deiner quirligen Rückkehrlaune fülltest, deine Ankunft mit frohem Ruf verkündend. Heiter und ein wenig kühl vielleicht, ich bin nicht sicher, ob es mir gelang. Ein Theaterstück in mehreren Akten, in meinem Fall die Premiere, währenddessen vor meinem inneren Auge unser gemeinsames Leben in Bruchstücken Revue passierte, eingefärbt in den dunkleren Ton einer unerwarteten Erfahrung. Mein hochgewachsener, bemerkenswerter und kluger Mann (kein Geruch, der eine fremde Frau verraten hätte während unserer Umarmung), du kannst es nicht wissen, aber wir haben nur drei Tage noch, drei Tage und drei Nächte, in denen ich nichts ändern kann, auch du nicht. Ich nehme Abschied. An einem dieser Tage werde ich euch nochmals sehen, diesmal im Park, aber es ist keine Überraschung mehr, wird auch kein Zufall sein, wenngleich die Erschütterung nicht geringer ausfallen wird. Und doch wird es das erste Bild sein, eingebettet in jenen nasskalten Tag, das meine Erinnerung füllt und eine Rückkehr in mein bisheriges Leben verstellt.

Ob ich aus dem Fenster schaue, Kaffee koche, ob ich frühstücke, falls ich dazu in der Lage bin oder fernsehe, ob ich zu lesen versuche oder die Vögel füttere - du bist da, sitzend im Stuhl des Friseurgeschäftes, den Kopf zurückgelehnt, dorthin, wo sich ihre Brüste teilen; du hältst die Augen geschlossen und dein Gesicht hat diesen Ausdruck, der für mich reserviert war. So zumindest dachte ich, glaubte es all die Zeit, bis zu jenem Tag, den der Regen beherrschte.

Warum musste ich an einem solchen Tag, der so unwirtlich das Ausgehen verbot, trotzdem hinaus, um etwas zu besorgen, nur um dadurch zu verlieren, was unersetzlich ist, obwohl es mir bereits sicher schien. So sicher, dass ich das, was hinter der Scheibe mit dem Muster in Tropfenform vor sich ging, nicht begriff, nicht im ersten Moment, da das Bild nur ein Bild war, noch ohne Sinn - der sich nicht ergeben wollte -, ohne Verbindung zu unserem Leben. Wie eine Spiegelung, die eine zufällige Ähnlichkeit mit bekannten Personen erzeugt, aber ohne Name, der sie identifizierte.

Bis mich mit Plötzlichkeit traf, was vorerst in den Augen blieb, dann aber die Barriere zum Hirn überwand, um von dort aus ins Herz zu gelangen, was ich nicht hatte verhindern können. David und Lisa. Schluss jetzt, es ist nicht zu ändern, denn wenn ich eines weiß, dann das: dass man niemals gewinnt, wenn man weint; dass ich meinen Stolz zwar retten kann, nicht aber sein Gefühl für mich zu konservieren vermag. Nicht einmal die Hälfte davon, denn er ist besetzt, durch sie. Sie, die mich interessieren muss, jetzt, da sie ihn interessiert; sie, die mir vorher nie so begehrenswert und schön erschienen war, wie sie es nun vermag, da sie seinen Widerstand gebrochen hat. Oder gab es keinen? War er es am Ende, der sie gebeten hat? Der mich aus der Mitte seines Daseins an den Rand katapultiert, mich dazu verurteilt, im Wege zu sein? Ihm im Wege, nunmehr geduldet und lauwarm umhegt.

5

Ich hätte es ahnen müssen, als die Amseln starben. Man fand sie in Straßengräben, auf Wiesen, unfähig, ein Versteck aufzusuchen, nach vorn gesunken oder zementiert in widernatürliche Posen, als hätte der Stab eines Zauberers den augenblicklichen Bann verhängt über die wundervoll stimmgewaltigen und zuverlässigen Verkünder des Frühlings. Ein Virus, sagten die Ornithologen, was mich nicht trösten konnte. Wie sollte ein Jahr, dessen heißem und beinahe regenfreiem Sommer die schwarzen Minnesänger so zahlreich erlagen, einen guten Abschluss finden?

Dass ich dies als Omen, als Zeichen eines allgemeinen Verhängnisses las, mag meiner Tierliebe geschuldet sein und vielleicht meinem unerschütterlichen Glauben, der ein weiteres persönliches Desaster nicht vorsah.

Tag drei der neuen Zeitrechnung.

Einfach nicht mehr da zu sein - ohne ein Wort -, erschien mir eine tröstliche und heilbringende Vorstellung, doch kam sie mir unfair vor und ich setzte sie nicht um. Was mir von unserem Gespräch blieb, David, war deine unverstellte Erschütterung, die mich zunächst erleichterte, mir später jedoch zusetzen sollte. Mein Wissen um euch und mein Ausreisebegehren - niemals zuvor habe ich eine derartig verzweifelte Reaktion deinerseits erlebt. Es erstaunt mich noch immer, dass sie mich trotz allem in meinem Entschluss bestärkt. Ich werde nicht mehr hier sein, aber nicht heimlich und überraschend, sondern verkündet, in ruhigem Ton, und unumstößlich. Etwas, das mich nachgerade fast ein wenig überrascht. Verzeih mir.

6

Denke ich an dich, so fallen mir zunächst ausgedehnte Spaziergänge in der Dämmerung ein, des Morgens oder des Abends, je nach Jahreszeit - eine Vorliebe, die wir teilten. Der Friede, der dem Zwielicht innewohnt, das uns nicht blind macht, aber allzu klare Sicht verhindert. Der getönte Himmel, gegen dessen Tuch sich die grau und schwarz gefärbten Silhouetten der Bäume absetzen. Die stille Zuversicht, die uns erfasste - unsere Hände vereint, gemeinsam den gedämpften Geräuschen des gelebten oder noch zu lebenden Tages lauschend. An warmen Abenden im halbhellen Himmelsbogen Fledermäuse auf ihrem Ortungsflug, geheimnisvolle Boten, überspannt vom sich stetig weitenden Flügel der Dunkelheit. Nicht allein zu sein, geborgen. Das war Glück, und wir haben es empfunden.

7

Glück und Trauer schließen einander nicht aus. Kaum jemals zuvor sah ich eine schönere Wohnung als diese, die mich künftig trennen wird von dir. Ausreichend Platz bietend, hat sie das, was ich eine

Seele nennen würde. Im ersten und letzten Stockwerk über dem Hochparterre eines kleinen restaurierten Hauses habe ich mich niedergelassen. Zwei Wohnzimmer sind durch einen breiten Durchgang ohne Tür miteinander verbunden. Eine größere halb offene Terrasse spannt sich vor dem Raum, in dem ich schlafe, bis zu einem der Hauptzimmer. Parkett, Schmuckbalken, anheimelnde Verwinkelungen, eine kleinere Wohnküche, dazu ein Badezimmer - das wirklich diesen Namen verdient, gehalten in den Farben der Wüste einschließlich Oasen. Glück und Trauer werden hier wohnen. Und ich.

Etwas, das mir bisher kostbar erschien neben der Zweisamkeit, waren die Stunden, die mir allein gehörten. Nie in all der gemeinsamen Zeit habe ich aufgehört, Gedanken und Träumen Raum zu geben, die nicht danach verlangten, geteilt zu werden. Doch nun, in reicher Fülle stiller Stunden, scheinen mich die Träume zu fliehen, sich aufzulösen im übergroßen Raum.

Im Halbdunkel, an einem der Wohnzimmerfenster stehend, sehe ich auf zwei große Fichten, die die Sicht auf das gegenüberliegende Haus kaum verstellen. Fast alle Zimmer dort sind bereits erleuchtet. In einem der Räume der ersten Etage steht ein großer Flügel, dessen aufgeklappter Deckel den Blick auf die Klaviatur freigibt. Auf einem beigestellten Tisch stapeln sich Hefte und Din-A4-Blätter, vermutlich Noten. Die Möblierung des Zimmers trägt antiken

Charakter, ohne muffig zu wirken - die erlesene Variante. Die Wände sind in einem lichten Beige-grau gehalten, unterhalb der Decke durch hellere Dekorleisten veredelt. Zwölf geschwungene, mit Kerzen besetzte Arme eines schweren Messing-leuchters sind im oberen Fensterausschnitt sicht-bar und bannen meinen Blick. Versonnen betrachte ich das mir fremde Gelass, in dem sich niemand aufzuhalten scheint. Das gesamte Haus ist mit Efeu berankt und wird auf der Rückseite von ei-nem Walnussbaum überragt. Irgendwo hinter dem Baum, nicht weit von hier, weiß ich den Friedhof, wo meine Schwester wohnt. Sie starb an der Trauer, nicht am Glück.

8

Das Efeuhaus, von der Höhe herab großzügig Einblick gewährend in seine geheimnisumwitterten Gemächer - bisher sah ich nicht einen einzigen der Insassen, trotz beleuchteter Räume - verweigert mir die Sicht, sobald ich mich auf Straßenhöhe befin-de. Große Büsche, abgelöst von Thujagewächsen, sichern das Gelände gegen zudringliche Blicke. Einzig mein Gehör ist imstande, der Barriere zu trotzen: Aus einem der offenen Fenster ertönen rap-tusartige Turbulenzen - Klaviermusik (der Flügel?), die mir spontan missfällt. Aggressiv, dabei virtuos, aber chaotisch, bedrängt sie mein Gemüt, und ich frage mich, welcher Stand musikalischer Bildung es ermöglicht, Gefallen zu finden an solcher Abstraktion. Eine mildere Beurteilung des Gehörten scheint mir aufgrund meiner augenblicklichen Verfassung nicht möglich. Auch deshalb nicht, weil man daran sterben kann. Nicht an der Musik, aber mitunter am Pianisten.

9

Hinter den Dünen tagheller Sand
der übergeht in ein glänzendes Band
ich müsste mich glücklich wähnen
doch die kühlenden Wogen mit Spuren von Salz
gleichen dem Inhalt der Tränen

Zwischen Himmel und Erde das weite Meer
die Gedanken fern und nichts um mich her
weiße Wolken wie die Schwingen von Schwänen
doch die kühlen Wogen mit Spuren von Salz
ähneln dem Inhalt von Tränen

Nur halbfestes Land
die Füße im Sand
das Lachen der Möwen über all meinem Sehnen
so sollte ich froh sein und bin es nur halb
denn die weichen Wellen mit Spuren von Salz
gleichen so sehr meinen Tränen

Unendliche Weite
die Füße benetzt
sind diesem Leben doch Grenzen gesetzt
und ich werde mich glücklich wähnen
denn ich sah diesen Reichtum
einst lag ich am Strand
unter Wolken gleich Schwingen von Schwänen
Wellen vergingen flüsternd im Sand
und die Sonne trocknete Tränen.

Welch Übermaß an Tränen in den wenigen Strophen, die in meinem Gedächtnis wohnen und dessen Text mit dir begraben liegt. Du batest mich um ein Gedicht, Claudia, eines, das korrespondieren sollte mit deinem Empfinden. Und ich habe es verfasst, damals, etwas in Eile, aber mitfühlend und vielleicht ein wenig selbstgefällig in der Sicherheit, dir Trost zu spenden.

Wie sollte ich ahnen, dass du eines Tages so unumkehrbar Bilanz ziehen würdest?

Dein Grab, vor dem ich jetzt stehe, liegt am Rande eines kleinen Rondells, geschützt durch hohe Nadelgehölze. Trotz reichen Wildbewuchses erscheint es weder ungepflegt noch vernachlässigt. Den Eindruck, die Natur selbst hätte sich aufgeschwungen zu dekorativ-schmückender Arealbegrenzung, straft - eingebettet in den Teppich bodenbedeckender Pflanzen - eine einzelne Rose Lügen. Eine vom Wind gebeugte Kiefer, etwas abseits stehend, ächzt beunruhigend im aufkommenden Sturm. Der Inhalt einer abgestellten Schubkarre beginnt sich wie von Geisterhand über die Hauptallee zu verteilen, die Nacht schickt erste Vorläufer in die von Bäumen bestandenen Areale.

Nun werde ich gehen, während du bleiben musst. Claudia, denke ich und mein Blick verharrt bei der Blume, die nicht welkt, obgleich sie ohne Wasser ist. Die Kälte, meine ich, aber ich kann nichts fühlen.

Dass man nicht verliert, was man im Herzen trägt,

habe ich bisher nur mäßig bezweifelt, hielt es mich doch weitgehend von Friedhofsbesuchen ab. Was kaum zu verstehen ist, da ich dort in der Vergangenheit Ruhe empfand, einen allumfassenden Frieden, wie man ihm sonst selten begegnet.

Doch in diesem Fall war ich nicht sicher. Du bist gegangen wegen der Trauer, wegen eines Pianisten und möglicherweise wegen eines Gedichtes, das sein Anliegen verfehlte.

10

Drei Wochen ohne dich, David. Nur wenige der notwendigen Telefonate mit dir. Ich weiß nicht, was ich erwarte, als ich in der Dunkelheit die Straßenbahn verlasse, eine Station früher als nötig, um mich über einen Parallelweg dem Haus zu nähern, das dich beherbergen wird um diese Zeit. Da ist Hoffnung, die zugleich Furcht ist, eine Bestätigung für die Folgerichtigkeit meiner Entscheidung zu finden. Es ist keine Neugier, die mich antreibt, eher ein Zwang. Als würde ich mein altes Leben wie einen Hut auf dem Kopf fühlen. Obgleich dieser abgelegt ist, bleibt er weiterhin spürbar. Und ist längst nicht entsorgt.

Weit voneinander entfernte Straßenlaternen - etwas, das ich bisher als Mangel empfand - kommen meiner heutigen Absicht entgegen. Ich möchte unsichtbar bleiben. Bereit zu einem sofortigen Rückzug, halte ich ängstlich nach Passanten Ausschau, bleibe jedoch ungestört. Dann suche ich erneut in den beleuchteten Fenstern nach Zeichen deiner Anwesenheit. Das Haus, das mich so lange beschützte, spricht nicht mit mir, es steht abweisend und stumm. Kleiner als in meiner Erinnerung übt es Verrat an mir durch seine Parteinahme, meinen Vorstoß vereitelnd, indem es seine Insassen meinen Blicken entzieht. Doch müsste es meine Geduld kennen.

Nach schier endlos anmutender Wartezeit erscheinst du endlich im Ausschnitt eines der Wohnraumfenster, den Telefonhörer mit der Schulter an einem Ohr fixierend, Bücher in der einen Hand, während du mit der anderen Hefte oder Broschüren auf dem Fensterbrett platzierst. Lisa sehe ich nicht, was nichts bedeutet, da ich den Raum von hier aus kaum einsehen kann. Ich spüre die Verdoppelung meiner Pulsfrequenz und halte den Atem an. Vertraute Gesten deinerseits, ein offenbar angeregtes Gespräch. Die Bücher hältst du noch immer, aber dein Schiefhals ist inzwischen kuriert. Eine Hand ist frei geworden, hält nun den Hörer. Einmal lachst du kurz auf, was mich prompt verletzt, als hätte ich erwartet, dich in anhaltender Trauer vorzufinden.

Die Würdelosigkeit meiner Aktion brennt mich plötzlich ebenso wie die Empfindung eines endgültigen Verlustes. Nie wieder, sage ich mir und bin nicht sicher, worauf ich diese Worte beziehe. Dann will ich mich zum Gehen wenden, doch diese Bewegung friert für Momente ein, als dein Blick plötzlich auf das Areal fällt, wo ich mich unsichtbar wähne, und dort verharrt.

Aus dem Gehen wird für mich eine Stunde fast ununterbrochenen Laufens, das mich meiner neuen Wohnumgebung nicht froh, aber relativ ruhig entgegenführt. Das vom Efeu umrankte Haus zu betrachten versäume ich heute. Halb im Stehen esse ich zu Abend ohne Genuss, dann flüchte ich mich in ein ausgedehntes Wannenbad und weine Tränen der Wehmut, die das Stadium des bohrenden Schmerzes jedoch überwunden haben.

11

Wochen vergehen, bis ich, noch zögernd, meine neue Wohnumgebung als Zuhause betrachten kann. Zögerlich gibt sich auch der Winter, der bisher kaum Schnee und nur mäßige Kälte im Gepäck führt. Drei auf meiner Terrasse verteilte Futterstellen bescheren mir aufgeweckte Besucher, die ich von meinem Schreibtisch aus beobachten kann. Im größten der Vogelhäuschen haben Wildtauben zu einer Tafel zusammengefunden, deren Auflösung mir den Gastraum restlos geräumt hinterlassen wird.

Die Zweige des Nussbaums gegenüber balancieren

das Licht der Nachmittagssonne und beschatten das vorgelagerte Haus. Es wirkt verlassen, als hätten seine Bewohner vereint die Flucht angetreten. Gleich einem herzlosen Entzug jeglichen Trostes empfinde ich das seit mehreren Nächten unbeleuchtete Gebäude. Alle Fenster sind verschlossen, und ich kann fühlen, dass mir auch heute sein Beistand verwehrt bleibt. Selbst die Fichten davor scheinen Mangel zu leiden wie ich, kraftlos streben die Nadelzweige in Richtung Boden, drapiert wie Lametta, doch ohne Glanz. Mein Blick kehrt zur Hausfassade zurück. Einige der immergrünen Ranken auf der rechten Seite haben die Dachrinne überwunden und mit der Okkupation der Dachziegel begonnen. Mittels einer imaginären Schere beginne ich mit der Beseitigung der Überschüsse.

Irgendwann, nach zunehmender Tönung des Himmels, verlasse ich meinen Posten, um einer zu erwartenden Enttäuschung auszuweichen. Ich erinnere mich an die von einem Tasteninstrument gelieferte, einem Gewehrfeuer ähnelnde Zumutung, die vor Wochen aus einem der Fenster drang und mein Gehör blockierte. Der Gedanke, dass sie mir heute willkommen wäre, zwingt mich zu einem Lächeln.

Claudia Luisa Gramatté, geboren 1985. Erschrecken als auch Befremden beim Lesen deines Namens, der den glatten Stein ätzt wie eine Säure, lassen sich nicht in beliebiger Folge und Wiederholung abrufen. Wenn auch das Kreuz vor der 2017 die Endgültigkeit markiert, wechseln sie doch in Stärke und Ausdehnung, erreichen aber nicht die einstige Höhe auf der Skala der Erschütterungen.

Die Suche nach Frieden ist eine Art Gebet, das Licht und Wärme erzeugt. Denke für eine Weile nicht an dich selbst und lerne zu verstehen, dass in diesem Licht Weisheit und in der Wärme Mitgefühl liegt.

Dieser Satz aus Paulo Coelhos ALEPH begleitet mich, seit ich begonnen habe, dich zu besuchen. Es ist Januar, der siebenundzwanzigste im Jahre 2019. Ich habe lange gebraucht, beinahe zwei Jahre, auch bin ich nicht sicher, ob du Wert darauf legst. Doch geht es mir besser, seit ich den Weg zu deinem Grab nehme, regelmäßig, seit ich in deine Nähe gezogen bin. Wir verstanden uns blind, Claudia, ein Herz und eine Seele aber waren wir nicht. Viel zu groß war die Gewissheit, uns nicht verlieren zu können.

Bevor ich gehe, erlöse ich eine der Rosen auf deinem Grab von ihrem Martyrium. Ich stelle mir den Konzertpianisten vor, dessentwegen du aufgegeben hast - den ich niemals sah und dessen Namen ich nicht kenne -, der irgendwo an der Ostsee beheimatet ist, verborgen wie ein Kleinod. Ich kann mir nicht vorstellen, dass er Stunden fährt, um mehrmals wöchentlich Buße zu tun. Vielleicht stammen die Blumen auch nicht von ein und derselben Person.

Ein jäher Wechsel von einem Zustand in den anderen, den ich spüre wie eine sich öffnende Tür, schenkt mir plötzlich das Empfinden vollkommener Klarheit, als könnte nichts auf der Welt sich meinem Verstehen entziehen. Intensiv atme ich kühle, aber weiche Luft, die sauber riecht. Erstmals empfinde ich Sehnsucht nach meiner neuen Behausung, als ich mich abwende, um auf die große Mittelallee zu gelangen und von dort in Richtung des Ausganges.

13

Anja Catherine Vega, na also, sagt Frau Sophia Steinberg, Doktor der Germanistik und Privatdozentin an der Universität Potsdam, nachdem sie den Namen vom Türschild meiner neuen Wohnung auf ihre Netzhaut kopiert hat. Vor allem aber leitet sie den kleinen Verlag, dessen Mitarbeiterin unter anderen ich bin. Ihrem Sturz verdanke ich meinen Aufstieg; diese Formulierung meinerseits gefiel ihr und sie wiederholt sie gelegentlich, wenn sie froh gestimmt ist.

Sie war in der Tat gestürzt, direkt vor unserer Haustür. David und Catherine Vega - schon einmal hatte Sophia Steinberg eine Wohnung betreten, auf deren Namensschild Buchstaben um ihren Platz bangten und an den Enden vom Rahmen verschluckt wurden. Auf ihr Klingeln hin hatte ich sie ins Haus geholt und dort verarztet. Zunächst mit Wasser gereinigt, anschließend mit verdünntem Wasserstoffperoxid betupft und dann verbunden, sollte ihre großflächige, mäßig blutende Schürfwunde über dem linken Knie und Schienbein nicht schnell, aber komplikationslos verheilen. Sie sah die englischsprachigen Bücher, die ich zu der Zeit reihenweise las aus Übungsgründen, was sie zu der Frage veranlasste, ob ich gut Englisch sprechen würde. Was ich verneinen musste. Ich las und verstand. Eine Rückübersetzung vom Deutschen ins Englische durch mich hätte dagegen eine grammatikalische Katastrophe bedeutet. Doch die Vorsehung kennt nur ihr Ziel, keine Bedenken.

Wenig später besetzte ich eine Stelle in der Kinderecke der Übersetzerabteilung ihres Verlagshauses. Kinderecke, weil der Schwierigkeitsgrad meiner Arbeiten eher gering angesetzt war und diese hin und wieder stichprobenartig von Johannes Wagner, der mir unmittelbar vorsteht, quergelesen wurden. Übersetzungen vom Englischen ins Deutsche. Ich habe bestanden. *Sie macht aus einer Fuhre Sand Diamanten*, hatte er meine ersten Anstrengungen gegenüber meiner Gönnerin kommentiert, was mir die vorgesehene Probezeit für meine Übersetzer-Einbahnstraße ersparte.

Seiner Kameradschaft und Hilfsbereitschaft verdanke ich auch den komplikationslosen Einzug in meine neuen Gemächer einschließlich aller Montagearbeiten.

Frau Dr. Steinberg, im Verlag so genannt des Klimas wegen, heißt privat Sophia. Ihr überreicher Sprachschatz scheint momentan auf wenige Vokabeln reduziert. Du kannst es einfach, sagt sie und nimmt ihre Runde durch mein Exil erneut auf. Das ist unglaublich schön und trotzdem gemütlich. Du hast nicht nur Gefühl für Texte, sondern auch für Raumgestaltung. Du bist musikalisch in jeder Hinsicht. Du kannst es einfach.

Wieso musikalisch? Jetzt merke ich auf. Musikalisch, das stimmt, ich finde zu jedem Lied die zweite Stimme, aber Sophia hat mich nie singen hören. Doch Sprache wie Musik fordern gleichermaßen ein Gefühl für Rhythmus und Harmonie. Sieht Sophia im Einrichten einer Wohnung gleichfalls die Komposition, eine Art Anordnungsharmonie und Formenrhythmus? Ich frage nicht nach. Ohne wirklichen Anlass habe ich plötzlich das Gefühl, ein Geheimnis zu hüten, eines, das sich mir selbst nicht offenbart.

Wir essen gemeinsam zu Abend, anschließend trinken wir Sekt.

Ich genieße Sophias Besuche. Sie ist aufmerksam, von einer gewinnenden Natürlichkeit und mitfühlend, ohne aufdringlich zu sein. Auf unterhaltsame Weise bedient sie sich ihres gnadenlosen Wortwitzes. Einmal über die Erfolge ihres Verlagshauses interviewt, sagte sie ernsten Gesichtes in die Kamera hinein, dass ihr der endgültige Durchbruch erst kurz vor ihrer Blinddarmoperation gelungen sei. Die Irritation des Reporters wurde kameraseitig unbarmherzig dokumentiert und lief tagelang in verkürzter Form als Stand-up-Gag in mehreren Programmen. An anderer Stelle war das wirtschaftlich aufstrebende China Thema eines Gespräches gewesen - Sophia konstatierte augenzwinkernd, dass die Chinesen alles nachmachen würden, sogar die Gesichter der Japaner. Johannes hatte dereinst gefragt, ob sie gläubig sei - sie trägt stets eine Silberkette mit Kreuz. Ich glaube, hatte sie lächelnd gesagt, ich habe Hunger - und ihn zum Mittagessen entführt.

Das ist Sophia, und ich weiß, dass sie gläubig ist. Wir sind es beide. Sie glaubt an einen Gott in menschlicher Gestalt, ich an jenen in Form des Universums. Doch bin ich sicher, es ist der gleiche, egal welche Form er in unserer Vorstellung annimmt.

Als Sophia geht, ist es halb zwei. Nur wenige Stunden trennen uns vom Wiedersehen im Verlag, und ich empfinde ohne sicheren Grund ein Gefühl ungetrübten Glücks.

15

Der Tag, an dem der Januar 2019 seinen Abschied nimmt, ist nur mäßig kühl. Noch ahne ich nicht, dass ich die für Claudia bestimmte Lilie nicht auf ihr Grab legen, aber von diesem Tag an Gedanken verlieren werde an einen Menschen, der zusammen mit einem weiteren mein Gefühlsleben auf den Kopf stellen wird.

Kurz vor dem Erreichen des Rondells, geschützt durch die Bäume der Hauptallee, registriere ich eine Unregelmäßigkeit an dem Ort, der heute wie an vielen Tagen zuvor mein Ziel ist. Abrupt bleibe ich stehen und versuche durch eine leichte Bewegung nach hinten den Rückzug in geschütztere Gefilde. Ein Pärchen, Hand in Hand an mir vorüberschreitend, beobachtet mein Bemühen interessiert, aber ohne Misstrauen. Als die beiden sich weit genug entfernt haben, verlasse ich meine Deckung teilweise und verharre in völliger Konzentration.

Vor dem Grab meiner Schwester steht aufrecht und in vollkommener Stille eine männliche Person. Ein Mann, wie aus der Zeit gefallen. Keine Regung zeugt von der Existenz der Gegenwart. Ein Mantel unterstreicht die große Erscheinung; sein Gesicht wirkt ernst und sehr männlich, ich meine einen Bart zu erkennen. Gebannt stehe ich ohne klare Gedanken, all meine Kraft fließt in die Fixierung einer visuellen Sensation. Gefasst in überirdisches Licht, das allmählich der Dämmerung weicht, scheint er aus einem vergangenen Jahrhundert zu Besuch zu sein. Woran ich diese Empfindung festmache, kann ich nicht sagen, etwas Überwältigendes geht von seiner Erscheinung aus, das mich irritiert. Erst als ich mir zu der Gestalt am Grab einen Zylinder fantasiere, kommt Bewegung in den Körper des mir unbekannten Mannes, der sich jäh abwendet und entschlossenen Schrittes Distanz legt zwischen meine Schwester und sich.

Noch stehe ich regungslos, doch mit zunehmender Dunkelheit greift eine Empfindung nach mir, die mich den Friedhof spontan verlassen lässt. Erst unterwegs bemerke ich die Lilie, noch fest umklammert in meiner Hand. Sie wird mich nach Hause begleiten wie die Erkenntnis, dass die Faszination eines Augenblickes genügt, aus einer Besucherin eine Suchende zu machen.

Fünfzehn Minuten nach sieben Uhr macht sich der Tag bemerkbar. Von meinem Bett aus sehe ich Wipfel ferner Bäume, hinterlegt von orange-roten Ausläufern eines blutjungen Morgenhimmels. Es ist Sonntag, der 10. Februar.

Sinnend genieße ich diesen Augenblick des Friedens, dehne ihn aus, bis ich mich schließlich im Bademantel auf die Balkonterrasse begebe. Dort sorge ich für Nachschub in den Futterhäuschen. Zwei der Amseln, die das spätsommerliche Desaster überlebt haben oder aber aus ferneren Gegenden zugezogen sind, erwarten mich bereits und überwachen vom Geländer aus die Verteilung von geschälten Sonnenblumenkernen, Mischfutter, Nüssen und Apfelstücken.

Die Terrasse verläuft über Eck von den nach Osten ausgerichteten Schlafzimmerfenstern zu einem der zum Süden hin sich öffnenden Wohnräume. Das Efeuhaus gegenüber ist seit Tagen wieder bewohnt, doch beobachte ich es nur noch selten, bestanden doch die einzigen visuellen Veränderungen bisher in einem geöffneten oder geschlossenen Deckel über der Tastatur des schwarz lackierten Instruments, in erleuchteten oder nicht illuminierten Räumen und in gekippten oder geschlossenen Fenstern. Nie sah ich auch nur eine Person.

Von der Anwesenheit menschlicher Mitbewohner

in meinem eigenen Haus habe ich mich indessen überzeugen können. Bei meinem Vorstellungslauf fand ich ein junges Paar im Hochparterre links, rechts zwei ausgesprochen freundliche Männer um die vierzig; im ersten Stock mir gegenüber residiert Sonja Wenger - in den Dreißigern wie ich -, alleinstehend und kommunikativ, die mich bereits zwei Mal besuchte, spontan und nie länger als eine halbe Stunde, was mir die Eingewöhnung erleichtert.

Inzwischen ist der feuerfarbene Morgenhimmel einem eintönigen Grau erlegen. Auf der Suche nach Würmern durchforsten Vögel den regennassen Vorgarten. Regen ... Ich denke an David und an mein Leben zuvor, fühle aber nicht den Aufruhr vergangener Wochen. Seltsam gelassen betreibe ich die Tilgung der schmerzlichen Erinnerung an eine geraubte Heimat der Seele.

Jetzt stelle ich die Kaffeemaschine an, lege ein Brötchen auf den Toaster, decke den Tisch und begebe mich anschließend unter die Dusche. Meine Gedanken kehren unweigerlich zu der Szene am Grab meiner Schwester zurück und damit zu jenem unbekannten Mann, dem ich trotz meiner Anstrengungen kein zweites Mal dort begegnete.

Wir waren nicht ein Herz und eine Seele, teilten aber doch die ganze Kindheit und Jugendzeit über Geheimnisse, besuchten die gleiche Schulklasse, verteidigten einander gegen Fremde und gegen gelegentliche, stets als ungerecht empfundene erzieherische Maßnahmen seitens unserer Eltern. Gemeinsam liebten und verehrten wir unsere Großeltern, die uns liebevoll verwöhnten und sich zugleich um die Entwicklung unserer Talente bemühten. Beide erhielten wir Ballettunterricht. Das Privileg einer dreijährigen Klavierausbildung fiel dagegen mir allein zu, was ich zu jener Zeit mehr als Zumutung denn als Freude empfand, hielten die Klavier- als auch die Übungsstunden mich doch von Dingen ab, die ich als ungleich wichtiger empfand. In all der Zeit lernte ich nie vom Blatt zu spielen, sondern konnte die Stücke schnell auswendig und mogelte mich durch alle Instanzen. Meine Klavierlehrerin, von geduldiger, engagierter und zugleich nachsichtiger und verständnisvoller Natur, verdiente meine Nachlässigkeit nicht, und es ist wahr, dass ich, seit ich allein bin, häufig an sie denke und mich gern entschuldigen würde bei ihr.

Wir verschlangen Bücher jeglicher Art, spielten endlose Spiele in freier Natur. Wir liebten Tiere, hüteten des Öfteren den Nachbarshund, einen fröhlichen gescheckten Mischlingsrüden, der ausgelassen mit uns tollte. Wir kümmerten uns um die Katzen der näheren Umgebung und waren auch sonst selten unbeschäftigt.

Mitunter stritten wir uns auf gehässige Art, vertrugen uns anschließend widerwillig und brauchten Stunden bis zum endgültigen Waffenstillstand. Dem allerdings folgte stets die rückhaltlose Versöhnung.

Unsere Nähe zueinander bestand fort, trotz der räumlichen Trennung, nachdem mir David begegnet war.

Als du den Pianisten trafst, Claudia, geschah das Unerwartete: Du entferntest dich zunehmend. Wie eine Zäsur in unserer Beziehung empfand ich seine erstmalige Erwähnung, ohne dabei je seinen Namen erfahren zu haben - was ich niemals begreifen konnte. Doch seitdem existierte er als DER PIANIST, namenlos, weil vielleicht namhaft. Eine Erklärung gabst du mir nie, ich habe sie auch nicht gefordert. Die Zeit würde sie geben, so dachte ich, nicht ahnend, dass du die Strecke abkürzen würdest, die mir für das Verstehen blieb.

Ein einziges Mal in unserem Erwachsenenleben sah ich dich weinen, du warst zu Besuch bei uns, allein. Draußen tobte ein Sturm, schwarze Wolken zogen in geisterhafter Formation über den fahlen roséfarbenen Horizont, du standest am Fenster, als ich aus der Küche kam. Ohne es sehen zu können wusste ich, dass ich Tränen finden würde, als ich dich umarmte.

Er frisst mich eifersüchtig mit Haut und Haar und

doch gelange ich nicht in seine Nähe. Dieser Satz blieb die einzige hörbare Eruption deinerseits; ich wendete und analysierte ihn zu Tode, doch sah ich deine Augen wie im Fieber und eine zunehmende Magerkeit, die für sich sprachen und jede Klage ersetzten. All dies ließ ihn mir zum Feind werden, doch für meinen Hass gab es keine Adresse. Du wurdest zunehmend stiller und entzogst dich konsequent meiner Fürsorge. Später sprachst du kaum mehr von ihm, doch war ich sicher, dass dein Kummer fortbestand.

Schreibe für mich ein Gedicht über eine Trauernde am Meer, bitte! Diese deine Aufforderung, eines Tages völlig aus dem Nichts an mich gerichtet, nahm ich zunächst nicht ernst, doch Wochen später fragtest du nach und ich erschuf eilig und ohne genaue Kenntnis deiner Lage eine Umschreibung in Versform, die ebenso vage blieb wie dein Ansinnen.

Die Zeilen, die dich am Tage des Erhalts so zuversichtlich stimmten - du hattest dich fast überschwänglich bedankt -, fand man Wochen später in deiner Jacke auf der Suche nach Papieren, die dich identifizieren sollten.

Ich ließ die Tränen trocknen in meinem Gedicht, doch wurde mir später mit Entsetzen klar, dass du die letzte Strophe anders verstanden haben könntest.

Sind uns im Leben doch Grenzen gesetzt, hätte es heißen sollen, und nicht: *Sind diesem Leben doch Grenzen gesetzt.* Dieser wesentliche Unterschied im Sinn zweier phonetisch ähnlicher Formulierungen fiel mir erst spät auf. Nie werde ich herausfinden, ob dieser Flüchtigkeitsfehler Anstiftung war zu deiner finalen Flucht.

Anja Catherine Vega, geb. Gramatté - gedanklich setze ich meinen Namen unter den meiner Schwester und finde in diesem Bild eine Art Frieden. Drei Gräber weiter müht sich eine ältere Dame mit einer Harke, ihr Rücken ist gebeugt wie der des Kiefernbaumes in der Nähe. Ihr gelingt das Anheben des Rechens beim Wechseln der Bahn nur unvollständig. Ablehnung erwartend begebe ich mich hinüber, meine Hilfe anzubieten.

Ich hätte mir Schnee gewünscht, sagt sie mit einem Lächeln, das ihr Gesicht um Jahrzehnte verjüngt. Unumwunden und offensichtlich dankbar übergibt sie mir ihr Gartengerät. Meine Tochter und mein Mann … sagt sie erklärend, und in ihrem Gesicht finde ich Demut und Güte, keine Spur von Hader. Ein Blick auf den Stein lässt mich einen Unfall vermuten, da das Datum des Ablebens identisch ist, doch ich frage nicht.

Meine Schwester … sage ich stattdessen, in Claudias Richtung weisend.

Wir sehen uns alle wieder, die Seele vergeht nicht, sagt die Dame mit unerschütterlicher Gewissheit in der Stimme und ergreift für einen kurzen Moment meine Hand.

Ob mich diese Vorstellung tröstet, kann ich nicht sagen. Als ich jedoch später mit geliehenem Gerät die Wege um Claudias Stätte ebne und mit parallel verlaufenden Rinnen versehe - so ein Unsinn, hätte Claudia mein Tun kommentiert -, füllt etwas mein Empfinden, das unmittelbar von der Dame auf mich übergegangen ist. Es ist eine Art wohltuende Ergebenheit und leise Freude über einen sonnenschwangeren Februartag mit Probeeinlagen singfreudiger Vögel.

Und da ist noch etwas, das mich ablenkt und meine Grübeleien in andere Bahnen verweist. Ich sah den fremden Herrn, der offensichtlich einen wesentlichen Verlust teilt mit mir und den ich wiedersehen muss, um zu erfahren, ob es sich bei ihm doch um DEN PIANISTEN handelt, oder was sonst ihn an das Grab meiner Schwester führt. Eine Form der Liebe - der zahlreiche Rosen zum Opfer fielen -, dessen bin ich sicher, denn ich las Entsagung und stille Trauer in seiner Haltung am Grab und in seiner jähen Abkehr Schmerz.

Doch scheint es mir nicht vergönnt, ihm erneut zu begegnen. Wann immer ich das Areal betrete und egal von welchem Eingang her, schon von Weitem werde ich erahnen, dass meine Anstrengung erfolglos bleibt.

38

Alle Möglichkeiten und die Wahrscheinlichkeit eines Zusammentreffens prüfend, sogar die Einreichung eines Urlaubsgesuchs für drei Tage, bescherten mir keinen Treffer, bestenfalls den Anblick einer weiteren Rose, vor oder aber nach meinem Erscheinen abgelegt, die meiner Begutachtung harrte. Immerhin werden meine pflegerischen Bemühungen, die ich seit einiger Zeit betreibe, nicht unbemerkt geblieben sein. Da ich aber schon einmal durch das Abfassen einer missverständlichen Botschaft scheiterte, fürchtete ich sein endgültiges Fernbleiben auf meine Aktivitäten hin, die ich daraufhin einschränkte.

Aus diesem Grund betreibe ich mittels eines Zweiges die Auslöschung der brav geharkten Wegeverzierung, mit deren Gestaltung ich meinen Aufenthalt ausdehnte. Den Urzustand wiederherzustellen gelingt mir dadurch nicht, weshalb ich Blätter sammele zur Abdeckung verräterischer Spuren.

Ich muss Sie sprechen! - Eine Nachricht zu hinterlassen auf einem Grab erscheint mir geschmacklos, zumal sie die Flucht des mysteriösen Fremden bewirken könnte. Auch wenn ich daran gedacht habe. Bemerke ich doch mit jedem vergeblichen Versuch, ihn zu treffen, eine sich steigernde Enttäuschung und etwas, das der Angst verwandt ist. Der Angst vor einem unentschuldbaren Versäumnis. Schon einmal glaubte ich, Zeit sei eine regulierende Instanz und stehe zur grenzenlosen Verfügung, doch wurde ich eines Besseren belehrt.

Noch sind die Nächte von Frost durchzogen, doch in die Tage mischt sich mit sonnensatter Milde und Gesangseinlagen erwartungsfroher Vögel die Gewissheit über das Nahen des Frühlings.

Es ist Freitag, der 15. Februar 2019. Ich fühle mich aufgehoben im heutigen Tag, werde jedoch durch Bilder in einem Journal daran erinnert, dass sich außerhalb unseres geregelten Lebens Tragödien abspielen, die unsere Menschlichkeit fordern und zugleich auf die Probe stellen.

Auf der gleichen Seite finde ich Werbeannoncen und erinnere mich, dass weder in Zeitungen noch im Radio oder Fernsehen der jähe Wechsel von Katastrophenmeldungen zu Produktwerbung oder Banalitäten als Stilbruch empfunden wird.

Und da existiert meine eigene kleine Welt, die oftmals Vorrang anmeldet, ungefragt. Denn auch ich überführe mich nur wenige Momente später der Gedanken an einen Unbekannten. Ein Mechanismus, geschaffen zum Schutz der Seele.

Sonnabend, 16. Februar.

Die Sonne, die uns am Tag begleitete, ist unterge-
gangen und hinterlässt eine lang gezogene Wunde
am Horizont. In majestätischer Stille überragt der
Nussbaum das unbeleuchtete Efeuhaus und durch
die Webmuster seiner geschwärzten Zweige schim-
mert das fahldunkle Firmament.

Der Tag hat sich verabschiedet und mit ihm meine
Geduld. Ich treffe den Fremden nicht mehr; mittler-
weile bin ich sicher, dass er mich bereits gesehen
hat und absichtlich andere Zeiten für den eigenen
Besuch wählt. Ich frage mich, warum ich wissen
muss, was ich niemals zu erfahren glaubte. Beinahe
hatte ich Ruhe gefunden, die aber seit dem Anblick
des Unbekannten und seinem seelenschweren Verharren vor Claudias Stätte der Unrast gewichen ist.
Als könnte ich mit dem Sammeln fehlender Details
um das Leben und Ableben meiner Schwester eine
Änderung erwirken an einem Schicksal, das sich
bereits vollzogen hat.

Mich abzulenken, nehme ich ein Buch zur Hand,
das mich nach einiger Zeit zu fesseln vermag.
Wenige Minuten nach Mitternacht lösche ich das
Licht und falle wider Erwarten in einen erholsamen
Schlaf, der traumlos war, so scheint es mir, als ich
ausgeruht um sieben Uhr morgens den neuen Tag
empfange.

Potsdam, wunderschöne Stadt an der Havel. Unter deinen zahlreichen Verehrern befinden sich seelenvolle und großzügige Mäzene, die dich und uns reich beschenkten.

Zusammen mit Sonja Wenger passiere ich das Fortunaportal des Stadtschlosses; wir gehen die Runde durch den Innenhof, den wir anschließend in Richtung des Barberini-Museums auf gleichem Wege verlassen.

Sonntag, 17. Februar, kurz vor zehn.
Unbeirrt begleitet uns Sonne auf unserem Weg. Wir waren kurz entschlossen. Es ist der letzte Tag der Henri-Edmond-Cross-Ausstellung. Französischer Neoimpressionismus. Zahllose Pinselstriche und Tupfen, die sich mosaikgleich zu Bildern fügen, die das Licht des mediterranen Raumes konservieren und von innen heraus abstrahlen.

Bewegt von den vielfältigen Eindrücken, werden weder unsere Füße noch unser Geist müde. Wiederholt kehren wir zu einigen der Bilder zurück, beginnen Rundgänge erneut. Verlässt man einen der Ausstellungsräume und wendet sich um, senden die Bilder Abschiedsgrüße. Wie eine Ansammlung von Glühwürmchen-Kolonien - matten Scheinwerfern oder Lampions gleich - leuchten die Gemälde uns den Weg zur Tür. Ein märchenhafter Feenzauber!

Ein grandioses Spiel mit dem Licht.

Unseren Aufenthalt genießend, statten wir anschließend den griechischen Götterplastiken einen Besuch ab. So gesegnet begeben wir uns auf den Rückweg, wo wir erkennen, dass geistige Nahrung nicht die leibliche zu ersetzen vermag.

Von der Sonne verfolgt sitzen wir wenig später in einer Pizzeria am Havelufer. Sonja bestreitet unkompliziert und mit wohltuender Leichtigkeit einen Großteil der Unterhaltung, was mich von möglichen planerischen oder grüblerischen Gedanken abhält. Später begebe ich mich auf den Heimweg, während meine Begleiterin sich zu einem Familienbesuch aufmacht, dessen Erwähnung sie mit einer typischen Augenbewegung und einem schiefen Lächeln begleitet.

Am Efeuhaus angekommen, dessen Fenster spaltbreit geöffnet sind, will ich die Straße überqueren, als ich Musik vernehme. Langsam steige ich vom Rad und halte inne, während Kaskaden perlender Töne und atemberaubender Harmonien langsam verebben. Schon will ich aufbrechen, werde aber wieder von einer Musik zurückgehalten, die wippengleich sich steigert, Weisheit, Humor und Güte transportierend.

Ich fühle, dass sich etwas Großes ereignet, bin gefesselt und hellwach. Ein rasant schneller, rebellischer Teil schließt sich an, bis das Klavier Variationen des Anfangsthemas wieder aufnimmt - eine schimmernde Hülle, die, sich öffnend, die Perle freigab. Seltsam ergriffen habe ich das Gefühl umfassender Tröstung, so als hätte jemand, der alles versteht, seine Hand auf meine Schulter gelegt.

Ich höre eine weitere klassische Revolution und komme erst zu mir, als Stille sich einstellt und ich gewahr werde, dass man mich sehen kann von meinem Hause aus.

Viel später werde ich wissen, dass diese Musik, von Charles Valentin Alkan komponiert, mich niemals mehr freigeben wird.

22

Die Wärme des Tages verabschiedet sich mitleidlos, als ich von meiner Terrasse aus das Efeuhaus begutachte, das mir in einem Anflug von Großmut unvergessliche Momente bescherte. Still liegt es in der Dunkelheit, überdacht von einem Himmel, der, mit purpurnen Streifen übermalt, die Ziegel darunter in Flammen setzt. Ähnlich dem, wie das Haus mich entflammte, doch schweigt es jetzt umso beharrlicher. Weder Töne noch Licht dringen zu mir, was mich bald schon kapitulieren lässt.

Verbissen versuche ich mich daraufhin an einer Arbeit, die ich übers Wochenende mit nach Hause nahm, doch stellt sich im Gegensatz zu anderen Gelegenheiten kein Erfolg ein. Schließlich gebe ich auf, lege Buch und Übersetzermappe in den Flur, von wo sie in der Frühe den Weg zurück in den Verlag antreten werden.

Am Ende entscheide ich mich für einen Fernsehabend mit Ulrich Tukur und stelle im gleichen Moment ungläubig fest, dass ich vergaß, Claudia zu besuchen.

23

Die schimmernde Hülle, die, sich öffnend, die Perle freigab. Ein tragisch-romantischer Teil mit Spuren von Humor, nachfolgender seelenschwerer Aufruhr, die fragmentarische Wiederaufnahme des Anfangsthemas, Demut, Weisheit, erneut gemäßigte Rebellion, Wipp-Sequenzen. Die schillernden Kaskaden entstammten einem Vorgängerstück.

Keine CD, kein Radio - es gab kurze Abbrüche und Wiederholungen. Dass diese Fertigkeit des Spiels kein Laie bewältigt, wusste ich von Beginn an. Teile des Gehörten kehren bruchstückhaft zurück, ich versuche, sie nachsummend, dem Gedächtnis einzuschreiben.

Montagmorgen, Sonne.

Vorsichtig schiebe ich mein Rad über die Straße zum gegenüberliegenden Haus. Am Torpfosten mit Schild und Klingel fällt absichtlich und mit Präzisi-

on meine Übersetzermappe zu Boden.
Eine einzige Klingel, ein einziges Schild, ein Name:
Stefan Tagensee.

24

Geschichten. Bequeme Abenteuer ohne Risiko. Das
Schöne an Büchern ist, dass sie uns alles schenken
können. Das, was wir für möglich halten und das,
was wir bezweifeln würden. Sie erweitern im güns-
tigen Fall unseren Horizont, entführen uns in fremde Gefilde, begleitet durch den Autor, die Autorin.
Wir können zu Hause bleiben, sind aber nicht allein.
Romane, die das Leben schreibt, haben mitunter
harte Konsequenzen und stellen uns einsam an den
Rand einer Schlucht. Ich denke an Claudia und an
David, doch ist die Trauer inzwischen gezähmt und
wird überdeckt von einem Gefühl, das der Neugier-
de gleicht und dem Leben die Hand reicht.
Trotz einer latenten Unruhe seit Entdeckung
des Fremden fühle ich mich froh gestimmt. Der
Buchtext, der sich am Wochenende gegen meine
Intervention sperrte, öffnet sich mir allein durch
die Nähe meiner Kollegen rückhaltlos. Der Stil ist
knapp und eindringlich, die Kapitel sind spannend
und kurz, wie erweiterte Filmsequenzen oder Ka-
meraeinstellungen - eine vielversprechende Novität.

Darf man eigentlich noch Mohrrübe sagen?, rufe ich in den Raum hinein, als mir das Wort *carrot* begegnet im Text, und ernte spontanes Gelächter.

Schreiben Sie Karotte, sagt Sophia Steinberg.

Oder Möhre, schlägt Johannes Wagner vor.

Ich hole euch Beruhigungstropfen aus der Mohrenapotheke, meldet sich Saned Hardin - und lachend nehmen wir sein Angebot an.

Beugen wir uns den Albernheiten, beugen uns die Albernheiten, sage ich spitzfindig und erhalte anerkennende Blicke.

Sprachteufelchen, sagt Sophia in meine Richtung und hebt lächelnd den Daumen.

25

Noch immer Montag.

Claudia und ich waren allein. Versonnen nehme ich den Weg, der mich nach Hause führt, trete nur mäßig in die Pedale, als jemand, den ich sofort erkenne, in einiger Entfernung ein Café verlässt. Ich reiße mein Rad herum auf der Suche nach einem Versteck, doch wählt der Fremde die andere Richtung.

Jedes klaren Gedankens beraubt suche ich nach einer Lösung.

Ihm nachfahren, mich vorstellen?

Oder:

Ihm nachfahren, Autonummer notieren - und dann?

Oder:

Verfolgen bis zum Bus oder zur Bahn - und dann?

Ich werde panisch.

Verfolgen kommt zuerst, weiter plane ich nicht mehr.

Die Rose, denke ich, frisch wie der junge Morgen, war von heute. Das Café besuchte er danach. Wir nutzten verschiedene Friedhofszugänge. So kurz nur habe ich ihn verfehlt. Noch weiß ich nicht, ob dieser Umstand Glück oder Pech bedeutet.

Wenige Zeit darauf biegt er in meine Straße ein. Die Vorstellung, dass er diesen Weg des Öfteren nutzt, nimmt mir den Atem. Das Gefühl, Zuschauer eines Filmes zu sein und zugleich Teil der Besetzung, drängt sich mir auf, als er einen knappen Gruß mit einem Herrn tauscht, der ihm auf dem Fußweg begegnet.

Doch die Reise findet ein baldiges Ende.

Als ich erkenne, dass der Unbekannte bereits sein Ziel ansteuert, und sehe, welchen Toreingang das Subjekt meiner Verfolgung wählt, verlässt mein Erstaunen Zeit und Raum.

Die eine Rose überwältigt alles / die aufgeblüht ist aus dem Traum / sie rettet uns vom Grund des Falles / schafft um uns einen reinen Raum / in dem nur wir sind und die Rose / und das Gesetz, das sie erweckt / Und Tage folgen, reuelose / vom Licht der Rose angesteckt.

Unentwegt durchzieht das Gedicht von Eva Strittmatter meine Gedanken. In Form einer Endlosschleife spult es sich ab und begleitet meine Obsession, die mich mehr und mehr trennt von dem Teil eines privaten Lebens, nach dem ich mich noch vor wenigen Wochen zurücksehnte. Pianismus, falls ich ein Wort dafür finden wollte. Erneut zu hören, was ich hörte, wiederzusehen den, der den Tönen Seele verlieh. Der meine Schwester liebte. Verschwunden sind der Hass und das Verzagen. Ich bekam Zeit geschenkt und Möglichkeiten. Heute. Und vorher.

173000 Einwohner. Es gibt keine Zufälle. Der Wahrheitsgehalt dieser Aussage hängt einzig und allein von der Definition des Wortes Zufall ab. Doch aus heutiger Sicht stimme ich zu. Und habe ich bisher nur mäßig an Bestimmung geglaubt, so lenke ich hier ein und gebe mich geschlagen. Als hätten die Götter zu Gericht gesessen und fügten an meiner Stelle Teile des Puzzles zusammen, an dessen Fertigstellung ich einst scheiterte.

Was mich an einen schlechten Roman erinnert, ohne

Zweifel, doch bin ich Zeuge. Das Efeuhaus, das von Anfang an Zwiesprache hielt mit mir, beschenkte mich mit einem weiteren Mirakel.

Ungeduldig suche ich mein iPad, finde es schließlich versteckt über einer Bücherreihe. Ich habe einen Namen und eine Adresse und weiß, das Internet ist indiskret.

Im gleichen Moment höre ich ein leises Klopfen.

27

Bruno Ganz starb, und wenig später Karl Lagerfeld. Ebenso starb die Möglichkeit der Rückkehr in mein bisheriges Leben. David sah es im Moment, da er meine Wohnung betrat. Die Frage, die zu stellen er beabsichtigt hatte, hat er umgewandelt in eine Feststellung, nachdem er sich umgesehen hat: Du willst nicht zurück.

Ich konnte nicht widersprechen.

Als wären wir von sämtlicher Vertrautheit abgeschnitten, sitzt er mir gegenüber und meidet meinen Blick, während er mit einem seiner Schuhe unsichtbare Materie auf dem Dielenparkett verteilt. Seine Haltung hat etwas Zögerliches, das mir fremd ist an ihm.

Einige Zeit vergeht, bis wir den Ton finden und Themen, die eine freundschaftlich-komplikationsfreie

Unterhaltung ermöglichen. Wie das Mauern erster Grundsteine für den Turm der Garnisonkirche. Ich werde beten darum, dass wir einander verbunden bleiben, doch glaube ich, es besser zu wissen.

Ich lade ihn ein, mit mir zu Abend zu essen, was er nicht ablehnt. Über allem bleibt das Gespräch, dazu angetan, Leerstellen zu überbrücken. Ich frage nicht nach Lisa. Weil ich keine Frage habe. Bestenfalls diese, wie etwas, das mir einst wichtig war, verschwinden kann wie eine Notiz auf einem verloren gegangenen Zettel.

Später, nachdem David das Haus verlassen hat, weine ich rückhaltlos, obwohl meine Traurigkeit beherrschbar scheint. Gleich dem Ausschwemmen restlicher Schadstoffe betreibe ich eine Art Reinigung der Seele.

Nach kurzer Verabschiedung vom Efeuhaus überlasse ich mich meinen Gedanken und dem Schlaf, der sich lange nicht einstellen will.

Das Internet bleibt für den heutigen Tag verschont von meiner Intervention.

Dienstag, 19. Februar.

Herr Tagensee im Efeuhaus ist identisch mit dem Fremden am Grab. Eine Möglichkeit peinigte mich vorher - die, dass der von mir Verfolgte nur ein Besucher sei und mir der Name am Tor lediglich die Identität des Gastgebers verraten hatte. Doch ist Stefan Tagensee gefangen im alles verbindenden Netz. Name, Foto, Konzerte - vergangene und kommende, Werdegang - Kindheit, Jugend, Stationen der pianistischen Ausbildung, Wettbewerbe, Auszeichnungen.

Das Internet erbrach sich im Schwall. Doch gleich uns lebt es von Nahrung und scheidet nur ab, was man ihm einverleibte. Nichts steht dort von seinen Besuchen am Grab, nichts davon, dass er trauert, nichts von einer Besessenen im Haus, das dem seinen gegenüberliegt. Doch auch nichts davon, dass er je an der Ostsee beheimatet war. Regelmäßig fuhr Claudia dorthin. Ein großes Leck klafft an der Stelle, die ihn als DEN PIANISTEN präsentieren würde. Sollte er nur EIN PIANIST sein, so ist er trotzdem mehr als das.

Was ich herausfinden will. Aber ich muss mich gedulden. Ich muss ins Netz, wenn ich ihn hören oder sehen will, vorerst, denn er gibt am Mittwoch ein Konzert in Vlissingen, übermorgen eines in Den Haag. Was das Efeuhaus in schwarze und lichtlose Trauer treibt.

Diesmal bin ich gewappnet.

29

Freitag, 22. Februar

Zwanzig Uhr. Dienstbeginn für mein Fernsehgerät. Da das Efeuhaus meiner Zudringlichkeit trotzt, wird ein Film mich unterhalten, zuvor aber die Neuigkeiten des Tages.

Nachrichten, die ich besser verpasst hätte. Denn was kann ich tun ... Nie wieder Krieg - ein Versprechen oder Gebet, oft wiederholt, doch machen Wiederholungen müde. Aufrüstung ist das Wort, das durch die Kanäle geistert. Ich fühle Angst.

Frieden - wir hatten ihn so lange. Doch die Geschichte lehrt uns, dass die Geschichte nichts lehrt.

Die Vorfreude auf den Film kam mir abhanden, doch weiß ich Abhilfe zu schaffen.

Musik immerhin bleibt ein schlüssiges Argument und ein Plädoyer für das Leben. Ihr Musiker der Welt ...

Vorher kehre ich ans Fenster zurück, das ich öffne. Kühle und trotzdem weiche Luft dringt ins Zimmer und mit ihr die Reinheit eines Versprechens, das ohne Worte auskommt. Ich werde ruhiger. Eindringlich wünsche ich mir den Pianisten zurück, überlasse mich der Erinnerung an seine geheimnisvolle Ausstrahlung, zugleich fürchtend, dass die genaue Kenntnis aller Zusammenhänge mein Mirakel zerstören könnte.

Noch immer begleiten Fragmente der Musik aus dem Efeuhaus meinen Tag, die ich erneut im Geiste aufrufe. Besänftigung der Dämonen.

30

Sonntag, 24. Februar
Claudia und ich bleiben allein. Das Grab war ohne Rose. Stellvertretend harrt meine Lilie der eisigen Temperaturen, die mit der Nacht die sonnenschwangeren Tage löschen. Noch immer ist das Haus gegenüber ohne Zeichen von Leben. Entschlossen verschweigt das Internet Teile der Aktivitäten, die außerhalb von Konzertsälen und einer festgeschriebenen Biografie angesiedelt sind. Doch schafft es Ersatz.

Mit voyeuristischer Spannung verfolge ich das Spiel des Unbekannten, werde vertraut mit Gesten, zum Beispiel der - nach jedem abgeschlossenen Stück und noch vor der stets knappen Verbeugung -, seinen Hals zu berühren. Als erhielte er durch Ertasten der Schlagadern Auskunft über den Ladezustand seiner Lebensbatterie. Seine Hände, die kräftig sind, nicht feingliedrig, führen das Instrument virtuos durch Höhen und Tiefen der emotionalen Gefilde, von hochromantischen Ausflügen bis hin zu wildem Aufbegehren. Doch nichts ist dort von der Musik, die aus den Fenstern des Efeuhauses zu mir herüberdrang. Ich höre wiederholt aus Rachmaninovs 6 Moments musicaux die Nummer vier mit rasant und dramatisch abwärtsrollenden Tongirlanden der linken Hand, während die rechte später die Harmonien beisteuert, bis sie zeitweise eine Oktave höher der Talfahrt der linken Hand aufspringt. Das Prestissimo agitato aus Carl Czernys erster Klaviersonate fesselt mich, ebenso wie Carl Tausigs Geisterschiff. Meine Marotte, Stücke so lange zu hören, bis ich sie eben nicht mehr hören kann, lässt mich auch diesmal verharren bei einigen wenigen Favoriten und bei Herrn Tagensee selbst, von dem ich erfahre, dass er vierzig ist. Ach.

Und dass er einer der dünn gesäten Alkan-Interpreten ist. Was ich bereits einige Male beiläufig las, interessiert mich heute. Wer ist Alkan?

Das herauszufinden, gebe ich den Namen ein und das Instrument, nicht ahnend, dass dieser erste Ausflug, den ich erst gegen vier Uhr morgens beenden werde, mich in ein Chaos stürzen wird, gleich einer alles verzehrenden Liebe.

Die spärliche, aber tragische Biografie des lange vergessenen Komponisten, der ein Freund Chopins war, vereint mit einer Musik, wie ich sie selten vernahm, lässt mich nicht schlafen. Unglaubliches zu schaffen und dennoch schon zu Lebzeiten in Vergessenheit zu geraten, nicht unbedingt ein Einzelfall, doch angesichts des Gehörten empört sich mein Gemüt. Ohne ein identisches Stück aus dem Efeuhaus zu finden im Netz, bin ich sicher, dass es Alkans Musik war, die ich einst vernahm, als ich wie hypnotisiert vor dem Haus des ehemals und noch immer Fremden Wurzeln schlug.

31

Charles Valentin Alkan, eigentlich Charles Valentin Morhange, geboren 1813 in Paris, gestorben 1888 ebenda, Sohn des jüdischen Schulmeisters und Musiklehrers Alkan Morhange, dessen Vornamen sowohl Charles als auch seine Geschwister anstelle des Nachnamens annahmen.

Im Alter von sechs Jahren Aufnahme am Pariser Konservatorium, Studium von Klavier und Orgel. Begabtester Schüler von Zimmermann. Konzertdebüt mit zwölf Jahren.

Neben Liszt und Thalberg gehörte er zu den führenden Pianisten, die das Klavierspiel revolutionierten. 1829 lehrte er am Conservatoire, wurde als Nachfolger Zimmermanns gehandelt, erhielt jedoch wider Erwarten die 1836 frei werdende Professur nicht.

Ein nicht ehelicher Sohn: Élie Miriam Delaborde,

hervorgegangen aus der Beziehung mit Lina Eraim Miriam.

Weiter bei Wikipedia: 1839 zog sich Alkan aus unbekannten Gründen für mehrere Jahre aus der Öffentlichkeit zurück. (Geburtsjahr seines Sohnes).

Er komponierte fortlaufend, studierte Bibel und Talmud, 1851 vorübergehend Organistenstelle am jüdischen Tempel von Paris; er tauchte sporadisch auf und wieder unter, 1878 länger auf, bis er 1888 in fast völliger Vergessenheit starb, begraben unter einem Möbelstück.

Das ist in etwa, was ich behielt von meiner Suche im Netz, auch, dass er als Freund von Chopin dessen Tod 1849 nur schwer verwand.

Zwei Fotos existieren von dem menschenscheuen Genius; eines zeigt ihn sitzend auf einem hochlehnigen Stuhl, das andere, halb von hinten aufgenommen, stehend mit Zylinder und Schirm. Ein Porträt des jungen Alkan, gemalt von Edouard Dubufe, lässt uns in ein offenes, intelligentes Gesicht blicken und erscheint bei Aufruf seines Namens gleich einer Girlande, vielfach in Reihe mit wenigen anderen.

Ein Medaillon und eine Bleistiftskizze von Campbell, die den alternden Genius darstellen, lassen dagegen an einen weisen Methusalem denken.

Bevor ich meine Informationsquelle schließe, bestelle ich ein Buch von Ronald Smith mit dem Titel ALKAN / THE MAN / THE MUSIC.

Beethoven und Bach gehörten zu meinen Favoriten

ebenso wie Parov Stelar und Muse - oder eben andere. Stets gab es ein Stück oder Lied, das ohrwurmgleich für einige Zeit meine Wirklichkeit verklärte, um später in Vergessenheit zu geraten. Manchmal erlebte es eine Renaissance, manchmal verschwand es rückstandslos.

Doch hörte ich in der vergangenen Nacht, was aus mir selbst zu kommen schien. Nur fand ich niemals die Töne. Ich brauchte den Dichter, um zu sagen, was ich wusste, aber nicht ausdrücken konnte. Und ich erfuhr bisher nur wenig von der Wandelbarkeit von Klaviermusik.

Charles Valentin Alkan.

Schritte von Soldaten, Waldhörner, Fanfaren, Gebell von Hunden, das Spiel einer Balalaika, ein fahrender Zug, Kirchenglocken, der Rhythmus eines Beerdigungszuges - all dies versehen mit Stimmungsgemälden wie Verzweiflung, Humor, Glück, Trauer, Demut, Weisheit. Alle Facetten des Empfindens fand ich übersetzt und geadelt durch das Genie eines hochsensiblen, begnadeten Virtuosen des Klaviers.

Den ich ebenso wenig kannte wie den, der ihn mir vorstellte.

Zwei Pianisten - einer zeitgenössisch, der andere aus dem Reich meiner Schwester -, erschienen aus dem Kosmos der Versöhnung mit einer Botschaft, die zu entschlüsseln ich mich mühe.

Ein fahrender Zug. Nie zuvor ist mir eine ähnlich eindrucksvolle musikalische Übersetzung begegnet. LE CHEMIN DE FER - die Eisenbahn - ist mehr als das, es ist die Verkörperung einer Reise. Während die linke Hand den rasanten Rhythmus der dahin-schnellenden Eisenbahn überträgt, jagt die Rechte in doppeltem Tempo über die Tastatur. Ich schlie-ße die Augen und springe auf. Ich fühle das Rattern der Räder, höre den Dampfausstoß der Lokomotive, sehe Landschaften an mir vorüberziehen, höre die Fahrt - fühle Beschleunigung, das Abbremsen, höre die Zugglocke, das Einfahren in eine Station, er-neute Fahrtaufnahmen bis hin zum atemberaubend harmonie-fantastischen Endlauf, das anschließende Abbremsen, Dampfausstoß, die Glocke - die mich an dieser Stelle unsanft aus der Trance stößt -, die malerischen Endakkorde des endgültigen Halts. Yui Morishita, der dieses Stück im Netz so meister-haft bewältigt, ist ein begnadeter Interpret.

Würde ich sagen, dass ich danach nichts anderes mehr hören möchte, weil nichts dieses Erlebnis übertreffen kann, so ist das die eine Wahrheit, doch wie bei jeder Sucht erliegt man dem Mechanismus, der zu weiterem Konsum zwingt.

Enttäuscht werde ich keineswegs. Ich lerne das ge-samte Opus 39 kennen, einen Zyklus von zwölf Etü-den in allen Molltonarten, komponiert 1857. Voll von sprühender Energie, unglaublichen Harmonien, unerschöpflichem Einfallsreichtum, teilweise erstaunlich modern, immer jedoch genial und trotz enormer spieltechnischer Schwierigkeit niemals nur Tonexperiment, sondern melodische Sensation.

Mit diesem Zyklus begegnen mir weitere Ausnahmepianisten wie Marc-André Hamelin und Stéphanie Elbaz mit der Sinfonie und dem Konzert aus diesem Reigen. Ich verfolge offenen Mundes den jungen Italiener Vincenzo Maltempo bei der sagenhaften Darbietung des gesamten Werkes über zwei Stunden, wenn ich mich recht entsinne. Die Nummer elf ist hier die Ouverture, ein grandioses Stück, das mich überwältigt. So, wie bei wiederholtem Hören das Konzert.

Die scheinbare Leichtigkeit, mit der die Pianisten die Stücke zum Leuchten bringen, erfüllt mich mit andächtiger Bewunderung.

Wenn der Umfang und die technischen Schwierigkeiten die Verbreitung seiner Stücke im neunzehnten Jahrhundert verhinderten, so erlaubt uns die heutige Zeit zumindest die mühelose Vervielfältigung. Pianisten haben sein Werk auf CDs verewigt. Mehr noch, Alkan-Gesellschaften haben sich gegründet, die die Pflege und Bekanntmachung seiner Werke betreiben.

Und ich habe verschlafen. All die Zeit, in der Alkan langsam, aber bestimmt zunehmende Wertschätzung erfährt. Schlimmer noch, ich kannte ihn nicht.

Dienstag, 26. Februar

Meine Kollegen, deren Gesellschaft ich genieße, erleben seit einiger Zeit meine pünktliche Abmeldung
in den Feierabend. Zögerte ich vorher den Moment
des Abschieds hinaus, habe ich es nun eher eilig.

Einkaufen, zu Claudia, ein beschnittenes Hausar-
beitsprogramm, Musik.

Vier Dinge, die ich vor dem Hören von Musik erle-
digte am heutigen Tag:

1. Beitritt der Alkan-Gesellschaft in England.
Mit Überweisung von fünfunddreißig Pfund erwarb
ich eine zweijährige Mitgliedschaft.

2. Bestellung von zwanzig Alkan-CDs, von denen
ich einige verschenken werde. Das jedoch später.
Noch hüte ich eifersüchtig meine Entdeckung, die
ungeteilt wie ein Trumpf sich ausnimmt.

3. Ich bat David um mein altes Spangenberg-Kla-
vier, das ich achtlos zurückließ, als ich auszog.

4. Eine Transportfirma, die einen Auftrag in der
Nähe meiner Wohnadresse am Freitag angenom-
men hat, verspricht mir die Abholung und Lieferung
meines Instruments für ebendiesen Tag.

Zufrieden, doch nur mäßig erwartungsvoll begebe ich mich auf meine Balkonterrasse und halte in
meiner Bewegung inne, weil das Haus gegenüber
mit Leuchtsignalen die Ankunft seines Herrn signa-
lisiert.

5. Ich bestelle Noten bei Billaudot im Internet.

Im unteren Teil der Hefte ist E. M. Delaborde angegeben, der Name des Sohnes von Alkan -, der, zusammen mit I. Philipp die Edition der Werke initiierte.

Einmal Le Chemin de Fer, zum anderen die zwölf Etüden in allen Molltonarten in zwei Teilen, obgleich ich weiß, dass alle Werke meine spielerischen Fähigkeiten bei Weitem übersteigen werden. Allein in deren Besitz zu sein, sie zu hüten wie einen unermesslichen Schatz, scheint mir genug.

Außerdem lade ich mir die Nocturne Opus 60, Le Grillon (die Grille), direkt aus dem Netz herunter.

Das Anfangsthema, das nicht enden will, durchbrochen von Zirp-Geräuschen, leicht schimmernd, für meine Begriffe beinahe etwas langweilig, führt uns nach und nach zur Perle, die sich in einem faszinierend erratischen und trotzdem romantisch-rhythmischen Mittel- und Endteil zeigt, der mich sehr berührt. Meinem Empfinden nach stirbt das Tier, doch stirbt es in Schönheit.

Mit dem Kauf seiner Werke wie auch mit der Mitgliedschaft in der Society glaube ich mich meiner Intention näher. Beizutragen zur Bergung und Wertschätzung eines tief empfindsamen Menschen und dessen atemberaubender Schöpfung.

Keines seiner Werke gleicht einem anderen.

Und indem ich soeben die Étude sans Opus im Internet höre, glaube ich für einen Moment, dass ver-
edelte Musik aus einer Diskothek mein Gehör flutet. Überwältigt von Alkans seherischem Blick in
die heutige Zeit höre ich die Klingel meiner Tür erst
beim wiederholten Male.

Sitzt du auf den Ohren?, fragt Sonja Wenger von
gegenüber mit gewinnendem Lachen. Sie trägt ein
hautenges knielanges Kleid und schwarze Strumpf-
hosen. Knabenhaft schlank, mit spitzbübischem
Habitus und kurzem, beinahe schwarzem Haar
wirkt sie jünger, als sie ist. Sie vollführt eine Geste in Richtung ihrer offen stehenden Wohnungstür.
Sekt?, fragt sie und erhält meine Zustimmung, obwohl mich etwas wie ein Magnet an meine Wohnung fesselt, etwas, das mich gewaltsam unter die
Kopfhörer zwingen will.

35

Ein frühes Picknick im Park zur Mittagspause mit meinen Kollegen, Unternehmungen mit Sonja und Sophia, ausgedehnte musikalische Ausflüge unter Kopfhörern und nicht zuletzt die magisch-geheimnisvolle Ausstrahlung des Efeuhauses und seines Bewohners lassen mir wenig Zeit für reuevolle oder wehmütige Rückblicke auf mein bisheriges Leben. Die Besuche bei Claudia ausgenommen.

Freitag, 1. März
Mein Klavier ist angekommen. In der eigens freigeräumten Nische fügt es sich taktvoll in die Wohnumgebung ein. Mit Besitzerfreude, doch etwas zurückhaltend, nehme ich Kontakt auf.
Was ich im Geiste nicht mehr reproduzieren konnte, ist konserviert im Gedächtnis der Hände. Ich habe Jahre nicht gespielt. Doch sobald meine Finger die kühle Tastatur berühren, finden sie wie von selbst das Ziel. Zwei Menuette von Bach und das Kleine Präludium, der Erste Verlust von Robert Schumann, etwas Eigenschöpferisches, nach Gehör Nachgespieltes - einige sehr wenige Stücke, die den Stand meiner Fähigkeiten belegen und die gut zu eigener Unterhaltung taugen. Doch bin ich mit nachsichtiger und entspannter Nachbarschaft gesegnet, der ich meinerseits Rücksichtnahme versprach.
Noten im Netz zum Auswendiglernen und Alkans

Le Grillon. Ich werde gefordert sein. Im Abstand von mehreren Sekunden tropfen Töne, zumeist die falschen, was ich allerdings erkenne. Mühsam zähle ich von C ab, die einzigen Noten, die ich sofort finde. Leider liegen sie für die linke und rechte Hand nicht an der gleichen Stelle, was mich zusätzlich fordert. Nach einiger Zeit - typisch für mich - beschließe ich, die Grille erst dort zu beginnen, wo mich das Zuhören mit andächtiger Begeisterung erfüllte, wissend, dass ich andernfalls aufgeben würde.

Dass ich die richtige Version hörend vergleiche, erleichtert mir mein Vorhaben und erlässt mir ebenfalls das Zählen, das ich gleichfalls nicht beherrsche. Drei Jahre Klavierunterricht, die ich besser verschweige.

Begabt, liebenswert und faul - die Einschätzung meiner damaligen Lehrerin -, immerhin blieb ihr das Liebenswerte an mir.

Doch noch bin ich willens und voller Energie und lade mir zusätzlich die K 141 von Domenico Scarlatti herunter, mit der die wunderbare Martha Argerich im Netz so eindrucksvoll brilliert.

Man muss das Unmögliche versuchen, um das Mögliche zu erreichen. Ja, ich will.

Dem Efeuhaus sei Dank. Und Hermann Hesse, dem Verkünder dieser Wahrheit.

36

Samstag, 2. März

Trotz verhangenen Himmels seit gestern Nachmittag hat es nur wenig geregnet. Nach einem ausgedehnten Frühstück, das Sophia und ich in meiner Wohnung zelebrierten, bat sie mich um ein Vorspiel auf dem Klavier, was der Vormittagsstunde wegen auf ein einziges leises Stück begrenzt blieb. Im Anschluss daran umarmte sie mich. Ob aus Mitleid oder Freude, wagte ich nicht zu fragen, doch schien sie mir fröhlich zu sein.

Soeben bin ich zurück von unserem Fahrradausflug, den wir im Anschluss daran unternahmen, und von einem gemeinsamen Essen unterwegs.

Kurzerhand beschließe ich, Claudia direkt danach zu besuchen. Dort begegne ich erneut der älteren Dame, rechtzeitig genug, ihr zu helfen. Diesmal muss ich nicht fragen. Lächelnd übergibt sie mir ihr Gerät. Ich rücke einigen Unkräutern zu Leibe und versehe das das Grab umgrenzende Areal mit Linienmuster. Unsere freundliche Unterhaltung währenddessen berührt nicht unsere jeweiligen Verluste. Später, mit Claudia allein, halte ich stille Zwiesprache, beobachte zwischenzeitlich Besucher anderer Grabstätten, bis ich mich schließlich auf den Heimweg begebe.

Dass die Pflanzen vor unserem Haus Mangel leiden, sehe ich, als ich dort ankomme. Nachdem ich mein Rad in den Flur bugsiert habe, hole ich zwei großen Kannen aus dem Waschraum im Keller, fülle sie mit Wasser und beginne einen unermüdlichen Lauf zwischen drinnen und draußen. Wenig später sekundieren mich die Männer aus dem Erdgeschoss rechts, beide mit unwiderstehlichem Humor gesegnet. Schließlich stehe ich ohne Kanne da, während meine Begleiter Wasser und Frohsinn über den Vorgarten verteilen. Vergnüglich steuere ich spitzzüngige Kommentare zur allgemeinen Erheiterung bei, als etwas mich ablenkt.

Luisa! Jemand berührt mich fast unmerklich am Arm. Und nochmals: Luisa!

Zunächst begreife ich nichts, nicht einmal, dass ich gemeint bin. Verwirrt durch die Anrede wende ich mich um.

Totenblass ist der Mann aus dem Efeuhaus und sein Blick transportiert den Schock, den mein Anblick auslöst bei ihm. Wie eine Erscheinung sieht er mich an. Und jetzt verstehe ich, woran ich über zwei Jahre wenig erinnert worden bin. Ich dachte daran, als er aus dem Café kam, vergesse aber meistens, dass nur wenige Menschen in der Lage waren, uns zu unterscheiden.

Wie ein Hieb trifft mich die Erkenntnis, dass Claudia meine Existenz, zumindest die einer Zwillingsschwester, verheimlicht hat. Ihm, der Andacht übt vor ihrem Grab, Liebe und Blumen ihr zu Füßen legt. Der sie nicht Claudia nennt, sondern Luisa. Was mich berührt. Unmittelbar. Luisa. Niemand nannte sie so, niemand, den ich kenne. Ihr zweiter Name, der sie exhumiert und neu entstehen lässt. Luisa - dich kannte ich nicht!

Während die Männer aus meinem Haus sich uns taktvoll und freundlich empfehlen, reagiere ich.

Ich bin die Schwester, sage ich freundlich, ihm meine Hand reichend. Und fühle die seine. Dabei registriere ich, dass ich zu ihm spreche wie zu einem Kranken, um Schonung bemüht. Doch wir fassen uns beide.

Dass ich noch nicht lange hier wohne, lege ich nach - Anja Catherine Vega -, mich vorstellend. Und dann, seine Erwiderung abschneidend aus Angst, der Mut könne mir später fehlen, spreche ich vom Ende eines vergangenen Tages, der, getaucht in sphärisches Licht, eine ähnliche Verwirrung stiftete bei mir.

Und dass ich sein Spiel vernahm. Vor seinem Haus. Und im Netz.

Zu viel auf einmal. Jetzt schweige ich, während er mich unverwandt anblickt. Dann überfliegt ein kurzes Lächeln sein Gesicht.

Danke, sagt er anschließend - ich weiß nicht, wofür -, als er meine Hand nimmt, die er einen Moment lang hält. Dann beendet sein kurzes Nicken, einer knappen Verbeugung gleich, die Audienz.

Mit Fragen, wichtigen, die zu stellen ich mir verbot, bin ich alleingelassen, nicht wissend, ob sich je wiederholen wird, was mir heute widerfuhr. Eine Möglichkeit, mir zum Geschenk, die ich verschenkte.

37

Luisa! - dich kannte ich nicht.

Der Name, der mich so bald aus deiner Welt ausschloss, bei dem Menschen dich riefen, die mir so fremd waren wie ich ihnen. Der selbst uns zu Fremden werden ließ. Unsere Doppelidentität, von der du dich befreitest, indem du weggingst, mich auszuradieren.

Sonntag. Blättern in Alben. Erinnerungen. Gelöschte Zeiten. Unser Vater abtrünnig, die Mutter bereits in der Schweiz - ebenfalls ein Befreiungsakt, befreit von uns, doch hatten wir einander und vermissten wenig, bis David erschien.

Du warst verliebt in ihn, ich etwas weniger, was mir die Macht gab zu widerstehen und, kein Paradoxon, zu gewinnen. Zu gewinnen den Wettstreit, aus dem ich mich bereits zurückgezogen hatte, deinetwegen. Und ein Ausgang, dem weder Logik noch Gerechtigkeit folgte, dem Empathie inhaltlose Vokabel war, weil ich es blieb, um die David sich mühte. Und ich erlag - welch eine Versuchung - dem, der imstande schien, uns voneinander zu unterscheiden.

Auf einem der Bilder stehst du allein, Claudia, gertenschlank, mittelgroß, brünett, die großen Augen ausdrucksstark, deine sinnlichen Lippen formen den Kuss, lächelnd. Hinter dir die Kulisse des frühen Herbstes, der golden in dein langes Haar sich mischt. Hier bist du glücklich, das kann ich sehen, während dein Kuss dein Ebenbild hinter der Kamera erreicht.

Schwestern, einander verbunden, kein Streit um David, keine offene Rivalität. Einsichten, dem Vernehmen nach, und jene, die ich spät gewinne. Claudia Luisa. Universum der Trauer und des Verzichts.

Doch musstest du wissen, dass dein Freitod ein Vakuum erzeugen würde, das unentwegt Liebe zieht.

38

4. März, Montag, Feierabend.

Die meisten der Alkan-CDs sind eingetroffen. Mit Besitzerstolz begutachte ich mein noch unvollständiges Arsenal und sehe mit Spannung der Notenlieferung von Billaudot und dem Buch von Ronald Smith entgegen, die mich laut Internet am morgigen Tag erreichen werden aus unterschiedlichen Richtungen. Gleichfalls erhalte ich aus England die Bestätigung meines Zahlungseinganges, der meine Mitgliedschaft in der Alkan-Society validiert.

Alkan, zumeist humorvoll und umgänglich in Gesellschaft, ließ sich zu Hause oftmals verleugnen in späteren Jahren. Wie gerne hätte ich ihn gekannt, ihn spielen sehen, doch wäre ich zu früherer Zeit kaum nach Paris gekommen, das er nur selten verlassen haben soll. Ein Buch mit sieben Siegeln. Es gibt unglaublich wenig Material über sein Leben, was mich schmerzt, wann immer ich ihn höre. Die Meldung über Alkans Tod soll damals von einer Zeitschrift derart kommentiert worden sein, dass diese nötig wäre, um zu erfahren, dass es ihn noch gegeben habe.

Dass es ihn gab, weiß ich seit Kurzem. Aus einer der CDs entnehme ich das Booklet mit seinem Bild auf der Vorderseite, das ich am Klavier aufstelle. Sollte ich spielen, werde ich es rücksichtsvoll bedecken.

Meine Grille macht leichte Fortschritte. Unfreiwillig überwiegt das Erratische und Eckige der Grillenbewegung, was meinen mangelnden Fähigkeiten geschuldet ist. Einige Takte lang tropft mein Stück bis zu dem Abschnitt, wo gleichzeitig zu beidhändigem Rhythmusspiel eine zusätzliche Melodie für den kleinen Finger rechts aufgelagert ist. Achtungsvoll trete ich den Rückzug an. Man muss das Unmögliche versuchen … Ja! Aber später.

Etwas lustlos, jedoch einsichtig widme ich mich nun meiner Wohnung, in die ich für den gestrigen Nachmittag meine Hausgemeinschaft und die Kollegen meiner Abteilung eingeladen hatte zu einer Feier, die uns, noch heute sichtbar, mit Lachfältchen versah. Selbst das eher zurückhaltende Pärchen aus dem Erdgeschoss links erlag dem zwanglosen Miteinander. Vom mündlichen Freibrief über uneingeschränkte Klavierübungen, verfasst von gut gelaunten Zechern, werde ich aus Rücksicht kaum Gebrauch machen, fehlt ihm doch die Unterschrift.

39

Die wunderbare Sonatine Opus 61, dann die vier Lebensalter und die Trois Morceaux dans le genre pathétique bleiben mir heute im Gedächtnis aus diesem unerschöpflichen Schatz, den ich nach und nach berge.

Trois Morceaux, drei Stücke. Das erste verstehe ich als Bitte um Liebe; ein Blick auf das Entstehungsjahr lässt mich an Lina, die spätere Mutter von Alkans Sohn, denken. Das zweite habe ich zunächst falsch übersetzt, ich spreche nicht Französisch. Le Vent erinnerte mich an den Bauch, ventral bezeichnet im Lateinischen eine vordere oder Bauchregion. So glaubte ich, die traurig-getragene linke Hand und die sirenenartig auf und ab laufenden Finger der rechten, was später wechselt und die Etagen tauscht, beschrieben eine Art der Angst. Später schlug ich nach und fand den Wind, dem das Stück nachempfunden ist, ebenso ergreifend, weinte bei Aime moi und bei der falschen und der zutreffenden Übersetzung von Le Vent gleichermaßen und war beeindruckt von Morte, dem dritten Teil.

Vereinnahmt von Musik und dem Efeuhaus, das dessen Besitzer birgt, aus dem ich auch keinen Laut mehr vernahm, begebe ich mich zum Fenster, vor dem ich eine Zeit lang verharre. Das Haus gegenüber ist beleuchtet. Der Regen webt einen Perlenvorhang, der das Straßenlicht in schimmernde Splitter zerlegt. Ich denke an David und das Friseurgeschäft, an meine Erschütterung damals und daran, dass sowohl Gegenstand als auch Art von Erschütterungen wechseln können - und erlebe die nächste.

Aus der Erinnerung zurückkehrend gewahre ich hinter einem der Fenster gegenüber eine Silhouette. Sie gehört zu Stefan Tagensee, der dort bewegungslos verharrt. Darüber, dem Dach aufsitzend und gegen den Himmel in Dunkelgrau und Orange gelehnt, erscheinen die Zweige des Nussbaumes wie abstrahierte Hinweiszeichen.

Mein erster Reflex diktiert mir den Rückzug. Bereits im Fluchtmodus, gelingt es mir aber, die eingeleitete Abkehrbewegung zu unterbrechen, anerzogene Höflichkeit zu unterdrücken. Und stehen zu bleiben. Zu sehen, was ich nicht sicher sehen kann, aber trotzdem weiß - dass unser beider Blicke einander berühren. Und dass wir hier in einem Akt des Willens vereint sind, die Konvention wahrend, während wir dennoch Grenzen überschreiten.

40

Der gestrige Sturm hat eines der Futterhäuschen zu Fall gebracht und meine Terrasse mit einem Teppich aus Zweigfragmenten, Kernhülsen und Blättern überzogen. Mich um Wiederherstellung meiner Ordnung mühend, widerstehe ich gleichzeitig der Versuchung, den Blick in Richtung des gegenüberliegenden Hauses zu lenken, mir jegliche Aufdringlichkeit verbietend.

Um nicht die Magie des gestrigen Abends zu zerstören, beeile ich mich mit dem Aufräumen und beschränke mich auf das Nötigste. Mein Blick, der aus diesem Grund vornehmlich dem Bodenareal verhaftet bleibt, fällt schließlich zwei Etagen tiefer auf einen der Rhododendren des Vorgartens, dessen rosafarbene Blüten sich bereits zu öffnen beginnen. Entstehen und Werden. Die Phase nach dem Vergehen, in die ich eintrat mit der Entdeckung zweier Botschafter. Charles Valentin Alkan und Stefan Tagensee. Letzterer, neben der Musik auch meiner Schwester verpflichtet aus Gründen, die mir verborgen sind.

David, mein engster Freund über lange Zeit. Dass ich mich so schnell abwenden kann, lehrt mich, dass ich zwar betrogen wurde, deshalb aber nicht zwangsläufig treu bin. Doch werde ich schätzen, was du mir warst …

Musik. Zwei Trauermärsche folgen meinen Überle-

gungen, einer aus dem Opus 26, klagend, mit Hoffnung spendenden feierlich-schönen Ablösungen
und später Kirchenglocken, mit frappierender Ähnlichkeit aufs Klavier übersetzt. Der andere Marsch
aus dem Opus 39 birgt meinem Verständnis nach
auch humorvolle Passagen. Er ist Teil der wunder-
baren Symphonie.

Das Pendant zu den zwölf Etüden in Moll stellen
zwölf Etüden in allen Durtonarten dar, Opus 35 -
fantastisch: Mark Viner am Klavier -, das sich mir
nach wiederholtem Hören öffnet. Viele schimmernde Hüllen mit Perlen von ungewöhnlicher Vielfalt
und Schönheit. Die Drei, Vier, Sieben, Zehn. Die
Elf - Posément -, nach der vierten und Mitte nach
der siebten Minute (etwas Langmut am Anfang des
Stückes), bin ich den Tränen nahe. Alkans Werke
- etwas Überwältigendes ist in jedem Stück früher
oder später, überraschend oder sich abzeichnend,
enthalten. Wie auch in der Zwölf ein rasanter, eksta-
tischer und faszinierender Rhythmus den ebenfalls
schnellen, aber andersartigen Eingang ablöst.

Ein Erlebnis sind die Esquisses (Skizzen), meister-
haft gespielt von Steven Osborne.

Krank zu werden, genug Zeit zu haben für meine
musikalischen Ausflüge. Ich entsinne mich nicht,
jemals zuvor Wünsche ähnlicher Art entwickelt zu
haben, doch besitzt das Werk Alkans zuweilen eine
Größe, die mich mit einer solchen Intensität packt,
mich fesselt und in einer Art Dauertrance in Abhän-
gigkeit hält. Unterstützt durch Gesellschaften und

begnadete Interpreten, einer von ihnen im grünen Haus, erlebt er seine Wiedergeburt seit vielen Jahren.

Euphorisiert bestelle ich weitere Noten, aus den Trois Morceaux den Teil zwei, Le Vent, der mich beim Erhalt mit dem Blick auf den ersten Griff der linken Hand über zehn Töne scheitern lassen wird zu Anfang.

Was auch die Noten tun, die ich soeben erhielt. Doch gelingen mir einige Teile der Ouverture, da sich in den ersten beiden Takten jeweils sechzehn Notengruppen wiederholen. Meine Bequemlichkeit feiert ein Fest.

Das Buch von Smith erreicht mich gleichfalls.

Alkan, The Man, The Music.

Musikalisches Genie, hochgradig sensibel, belesen, gläubig, eigenbrötlerisch, menschenscheu, hypochondrisch, humorvoll und gleichzeitig über die Maßen kränkbar - wem sonst sollte Musik derartiger Größe und Vielfalt entspringen?

41

Le festin d'Ésope (Äsops Fest) aus dem Opus 39, ein Variationszyklus, auf dieser CD gespielt von Raymond Lewenthal, lässt mich bewegungslos verharren. Der Kreis der begnadeten Alkan-Interpreten, die ich kennenlerne, erweitert sich zusätzlich um Stefan Lindgren, Bernard Ringeissen, Jack Gibbons und Yeol Eum Son.

War ich bis vor Kurzem noch ausgeschlossen, eröffnet sich mir ein ungeheurer Kosmos, reich an unermesslicher Schönheit, und ich frage mich, wie ich all die Zeit zuvor auskommen konnte ohne dieses Glück, das mich flutet wie das leere Becken eines Meeres.

Modernes und Klassik hier und da. Musik war stets mein Begleiter, begeisterte mich, doch nahm sie mich nie in Besitz mit solcher Gewalt.

Noch immer bin ich auf der Suche nach der Wippe und deren Folgestück, die ich Alkan zuordnete und die mich aus geöffneten Fenstern des Efeuhauses erreichten, doch hörte ich sie auf keiner meiner CDs. Schließlich ist meine Sammlung nicht vollständig, was mich zum iPad greifen lässt, zehn weitere Exemplare zu bestellen.

Vincenzo Maltempo, Marc-André Hamelin, Yui Morishita, Mark Viner, Stefan Tagensee … Bisher hatte ich nur eine geringe Vorstellung davon, dass ein Pianist mittels Einfühlung, seiner Hände und des Klaviers nicht Stücke spielt, sondern ein Universum erschließt und zum Leuchten bringt.

Was mich schmerzlich an mein Unvermögen erinnert.

Ich bin glücklich und zugleich niedergeschlagen, als ich mich endlich zu Bett begebe. Das Haus gegenüber spiegelt die zuletzt genannte meiner Empfindungen in lichtlosen Fensterausschnitten.

42

Abtrünnig.

Auf meiner Reise durchs Netz begegnete ich Nicolas Namoradze (genial), der György Ligeti, The Devils Staircase spielt, Yeol Eum Son (ebenso) mit William Bolcom, The Serpents Kiss, und ich lauschte Jan Sibelius' Symphonie Nr. 7, vernahm nach der elften Minute, was ich als sich steigernde Bedrohung empfand ohne erkennen zu können, welchen der Instrumente derart stufenlos auf- und absteigende, nachfolgend aufwärtsschwellend drohend-gedämpfte dunkle Sirenenanstiege gelingen.

Was habe ich versäumt bisher!

Aufgewühlt suche ich nach Black Midi, Bad Apple - und stelle fest, dass die Gehirnwäsche nicht vollständig greift; auch diese Musik gefällt mir.

Mittwoch, 6. März mit Sonne, die wenig wärmt.

Ein langes Telefongespräch mit meiner Mutter erinnert mich daran, dass wir uns wenig zu sagen haben. Unentwegt von sich selbst redend, geht sie auf in ihrer eigenen Welt und hinweg über meine veränderte Lebenssituation. Claudias Tod konnte sie treffen damals, das habe ich erlebt, und es gab eine sehr kurze Zeit, in der wir einander nahe waren - brüchiger Kitt, der schon im ersten Jahr Risse bekam.

Wir stehen einander nicht nahe, so etwas kommt vor, und es gibt nichts, was ich ihr nachzutragen hätte. Als Kinder hatten wir nichts vermisst. Die sogenannte Abnabelung setzte früh ein, doch begann sie auf Mutters Seite; unser Vater vollzog sie schon eher. Keine Vorwürfe, kein Hass, kein Sichfügen. Das ist die Wahrheit. Meine Wahrheit. Wir hatten die Großeltern, ich hatte auch Claudia - und Claudia mich. Wen hatte Luisa?

43

Noch immer Mittwoch. Abends beim Sport ohne Sport. Wir feiern mit Pfannekuchen und Sekt in der Schulsporthalle. Die einzige körperliche Betätigung bestand im Wegräumen der Matten, die unsere Vorgänger benutzt und für uns liegen gelassen hatten.

Weg mit den Matten und ran ans Bankett. Der Lärmpegel entspricht gut gelaunten einhundertfünfzig Dezibel, erzeugt von einer lebenslustigen kameradschaftlich-genussfreudigen Damenriege einschließlich Chefin. Diese, sonst uneingeschränkten Respekt genießend, lässt heute alle fünfe gerade sein, wirft die Bulette über den Zaun, wie sie es ausdrückt und mischt ihren Frohsinn unter die Schutzbefohlenen.

Nur selten habe ich eine so wohltuende und geschlossene Einheit erlebt wie unter uns Sportkameradinnen, ausgenommen der meiner jetzigen Arbeitsstelle, über die Sophia Steinberg wachend und gerecht ihre Hand hält.

Nach gemeinsamem Aufräumen begeben wir uns grüppchenweise auf den Heimweg. Dunkelheit und klare Luft begleiten uns ebenso wie Anteile der von uns erzeugten Gewissheit, Mitglied einer verlässlichen Gemeinschaft zu sein.

In Höhe des Efeuhauses, das ich verstohlen aus dem Augenwinkel mustere, entwickle ich ein Gefühl froher Zuversicht, etwas zu erfahren über Claudia Luisa und den Teil ihres Lebens, den sie versteckte vor mir wie vor einer Diebin.

44

Liebe durchscheint selbst die aufrührerischen Ele-
mente der Musik Alkans und auch so etwas wie eine
hochsensible, komplizierte und doch unverdorbene,
reine Seele.

Donnerstag, 7. März. Regen und Sonne im Wechsel.
Fünfzehn Grad Celsius.
Die ersten Opfer von CD-Geschenken suche ich
mir in meiner Abteilung. Hausaufgaben für Sophia
Steinberg, Saned Hardin und Johannes Wagner.
Eine meiner CDs legte ich in der Mittagspause ein,
glühend erfüllt von meiner Mission. Und ich weiß,
was ich erwartete - den gleichen Sturm, der mich
vor einiger Zeit erstmals an den Zaun des Efeuhauses bannte wegen Musik von verstörender Schönheit und Ausdrucksstärke, die gleiche Vulnerabilität
bei meinen Mitstreitern, die Sofortinfektion durch
Direktinjektion - und fand andächtig lauschende,
aber entspannte Konsumenten.
Sehr gute Musik - das einhellige Urteil -, doch blieben meine Kollegen ausnahmslos Herr ihrer Sinne
und wirkten weder verstört noch übermäßig ergriffen. Das wird noch, denke ich zuversichtlich. Und

dann kommt die Überraschung.

Nach einiger Zeit der Abwesenheit kommt Sophia Steinberg mit einem Thriller von L. Child in der Hand zurück.

Ich entsinne mich, dass ich den Namen Charles Valentin Alkan dort gelesen habe, sagt sie. Gucken Sie nach.

Das tue ich, als ich wieder zu Hause bin, während die sinkende Sonne die Ränder rauchgrauer Wolkenformationen mit glühenden Signalen versieht.

45

Was ich las (nicht wörtlich und nicht bei Child):

Liszt, der Alkans Spieltechnik als eine der besten schlechthin angesehen haben soll, fühlte sich eingeschüchtert von dessen Gegenwart im Auditorium. Alkans humorvoller und umgänglicher Seite, die er zeigte, wenn er sich in Gesellschaft befand, stand die des scheuen Misanthropen gegenüber, die mit fortschreitendem Alter die Oberhand gewann. Schon in seiner Zeit als Lehrer auf dem Konservatorium soll er ein Zimmer nach Möglichkeit erst dann verlassen haben, wenn er den Flur davor leer fand. Andernfalls trat er den Rückzug an.

Er hat mein Mitgefühl. Den Wunsch, niemandem zu begegnen, kenne ich in abgeschwächter Form

durchaus. Anfälle von Schüchternheit und Rück-
zugsverlangen habe ich zeitweise mit großer Energie und Willenskraft bekämpfen müssen. Dazu kam
unsere Doppelexistenz - Sicherheit bedeutend und
zugleich Last.

Ich frage mich, ob du die Musik Alkans kanntest,
Claudia, und ob er dich in gleicher Weise bewegte. Und falls dem so war, warum du mir nie davon
sprachst. Ersteres werde ich herausfinden, letzteres
vielleicht nie.

Mich ablenkend versehe ich mittels eines Rechens
die letzte Ruhestätte von Tochter und Ehemann der
alten Dame mit einem Bilderrahmen, nehme dann
Abschied von meiner Schwester und empfinde eine
nagende Sehnsucht nach ihr.

Versöhnend nach dem heutigen Regentag erscheint
die Sonne zur Abendandacht, ebenso wie ich auf
dem Weg ins Nachtquartier.

46

L. Child, und was er über die Musik Alkans anderen
in den Mund legte, zusammengefasst: *Ein französischer Komponist, der die merkwürdigste Musik ge-
schrieben hat, die man sich vorstellen kann ... Wilde
Arpeggios, misstönende Anhäufungen von Noten,
regelrechte Wellen von Lärm. Beunruhigende, ver-*

störende, geradezu unerträglich virtuose Melodien - das als Verdacht, dass es sich um Alkan handelte - ... *Der vielleicht absonderlichste Komponist, der je gelebt hat. Ja, W. war ein großer Fan von ihm, im Grunde war Alkan neben Bach der einzige Komponist, dessen Werke thematisch und harmonisch komplex genug waren, um W. zu interessieren. Ich denke, es war sein mathematischer Verstand, der darauf reagiert hat ... Opulent, romantisch und zugleich dämonenbesessen, voller vertrackter Passagen ... Kompliziert, durchsetzt von Arpeggios und Akkorden ... Alkans Musik hat seltsame Auswirkungen, manche behaupten, sie haben beim Zuhören Rauch gerochen ...*

Punkt.

Diese Beschreibungen kann ich wegen der Einbindung in einen Thriller gesondert bewerten (ein Roman ist nicht der Wahrheit verpflichtet). Aber ausgerechnet die Musik Alkans - vornehmlich ausgewählt zur Verstärkung des Grauens und damit als passend empfunden.

Ein Beweis dafür, dass Gleiches nicht gleich erlebt wird, sondern gefiltert wird durch Vorleben, Vorlieben und Gaben eines jeden Einzelnen, vielfach gebrochen und den Vorbedingungen angeglichen.

Zufrieden, dass Alkan mich über die Fenster des Efeuhauses erreichte (das glaube ich noch immer), lege ich die Geschichte, die trotzdem spannend scheint, vorerst beiseite.

47

10. März, Sonntag. Stefan Tagensee auf Tour. Hamburg, Berlin, Hannover. Sein Haus, in dunkles Schweigen gehüllt, ließ er als Pfand zurück.

Ablenkung am Vormittag durch Sonja, die abgelöst wurde durch Sophia.

Musik aus schalldichten Hörern wird mich am Nachmittag begleiten, dazu das Smith-Buch.

Seinem mutmaßlichen Sohn soll Alkan sehr zugetan gewesen sein; ihm gegenüber ließ er sich nie verleugnen. Élie Miriam Delaborde, seinerseits Pianist und Komponist mit gleichzeitig malerischen und sportlichen Ambitionen, in häuslicher Gesellschaft unzähliger Papageien und zweier Affen, war ihm stets willkommen.

Aus dem Fenster blickend, gewahre ich dünne Regenketten. Das Thermostat meiner Heizung stelle ich auf 5 und bin alsbald von wohliger Wärme umhüllt. Eine Tasse heißen Tees in den Händen, hänge ich meinen Gedanken nach.

Erneut zum iPad greifend, bestelle ich Bücher von George Sand, die, liiert mit Chopin, zeitweise auch Alkans Nachbarschaft genoss. Hoffend, dass er an irgendeiner Stelle ihrer Schriften Erwähnung findet (zeitgenössische dazu), werde ich der Lieferung harren.

Kurz nach Mittag begebe ich mich auf den Weg zu meiner Schwester.

Nachdem ich das Friedhofstor passiert habe, halte ich Ausschau nach der älteren Dame, werde jedoch enttäuscht. Schließlich fällt mein Blick dorthin, wo ich schon von weitem die Blume der Liebe erkenne, diesmal jedoch in Gesellschaft einer Kopie. Meinen Schritt beschleunigend, erreiche ich das anvisierte Areal. Zwei beinahe identische Rosen zieren Claudias Stätte, purpurn erzitternd im auffrischenden Wind.

48

… Nicht ein Gedanke ist in mir
der nicht schon im Entstehen
deinen Namen nennt
und ihn behält im Gehen …

Zeilen aus einem Gedicht einer Anthologie des R.G.Fischer-Verlags, die mir in Erinnerung blieben; leider tat es der Name der Verfasserin nicht. Ich finde das Buch nicht mehr, was ich meinem Umzug anlaste.

Charles Valentin Alkan:
Bleibt. Immer. Um mich. Und in mir.

Montag, der 11., Feierabend.

Das Konzert für Soloklavier aus dem Opus 39 von Alkan, zweite Stunde, zweiter Angriff auf mein Immunsystem.

Totalinfektion.

Alkan hören und sterben - noch nicht.

Ich erinnere mich an die gestrige Heimkehr von der Geburtstagsfeier einer Freundin. An plötzlich einsetzenden dichten Schneefall, an meine Autoscheinwerfer, die aus den Flocken fluoreszierende Geschosse werden ließen, die wie explodierende Silvesterraketensprenkel meine Frontscheibe attackierten. Nur schwer konnte ich die Konturen der Straße erkennen, doch ebenso wenig konnte ich anhalten. Angst, angespannte Konzentration und der Gedanke an nicht gehörte CDs und ungelesene Bücher hielten mich auf Kurs. Erst gegen Ende der Fahrt löste Regen den Schneefall ab.

Alkan und ein Interpret, der ihm ähnelt, das fiel mir vorher nicht auf. Zwei Schwestern. Zwei Rosen auf einem Grab, Symbol für eine Situation, die sich selbst beerdigt. Eine schicksalhafte Fügung, die eine Möglichkeit führt, die sich verbietet.

Ja.

Kurz blicke ich aus dem Fenster auf ein Haus, von dem ich weiß, dass ich in den nächsten drei Tagen von dort weder ein Dementi noch eine Bestätigung meiner These erwarten kann.

Ablenkung suchend starte ich das dritte Mal die CD mit einer Musik, die mich an mein Taktgefühl gemahnt und mir die Klavierübungsstunde für den heutigen Tag streicht.

49

Auf Abwegen im Netz: Mili Balakirews Islamey und Antonio Pompa-Baldi mit Chopins Etude Nummer eins und Nummer zwölf aus dem Opus zehn - was für ein Erlebnis!
Danach zurück: Zwei Scherzi von Alkan (diabolico und fokoso) - aahhh.
Aber keine Wippe. In Gedanken wiederhole ich die mir in Erinnerung gebliebenen Passagen. Ich darf sie nicht vergessen, sonst werde ich nie danach fragen können. Mühsames Notenmalen gab ich auf; einfacher scheint es, mein Gesuch singend zu verdeutlichen. Vielleicht.
In einem älteren Bulletin der Alkan Society finde ich einen Beitrag von Nick Hammond, der seinen Aufenthalt in Paris nutzte, die Wohnstätten Alkans aufzusuchen, vom jüdischen Viertel Marais am Ufer der Seine bis hin zu dessen Grabstätte auf dem Cimetière de Montmartre. Diese Hingabe rührt mich. Käme ich je nach Paris, spürte ich das gleiche Begehren. Zu sehen und zu fühlen, welche Wege er genommen, welche Häuser er bewohnt hatte und wo er schließlich seine Ruhe fand (so hoffe ich).
Gleichzeitig erfahre ich, wo in Deutschland be-

reits Klavierkonzerte mit Rezitationen von Werken Alkans stattgefunden haben und stoße auf etwas ungeheuer Interessantes. Seit mehreren Jahrzehnten findet auf dem Schloss vor Husum jährlich ein hochgelobtes Festival, Raritäten der Klaviermusik, statt, dessen Initiator und künstlerischer Leiter, Peter Froundjian, seinerseits Pianist ist. Ich bestelle mir das Buch Jenseits des Mainstreams und den Film zum dreißigsten Jubiläum 2016, Pianocrazy.

Meine Bestellungen der letzten Zeit überfliegend, gelange ich zu dem Schluss, dass ich einiges fürchten kann in nächster Zeit, nicht aber Langeweile.

50

Mittwoch, der 13., nicht Freitag.

Unsere kleine Radtour unternehmen wir unmittelbar nach Dienstschluss. Klein, weil ein kräftiger Wind und der verhangene Himmel uns schon bald an Einkehr denken lassen. Klein auch, weil wir zu viert sind. Ungezwungen und freundschaftlich fließt unsere Unterhaltung, wir sind glücklich miteinander. Sophia Steinberg, Saned Hardin, Johannes Wagner und ich. Vom Uferweg hinter dem Plattner-Institut bis zum Neuen Garten, über die Schwanenallee und Berliner Straße zur nächsten Gaststätte, wo mich ein Fremder wieder und wieder mustert. Nicht aufdringlich, doch auffällig häufig - wie eine unsichere Geste des scheinbaren Erkennens, sodass ich mich frage, ob sein Interesse mir oder eher meiner Schwester gilt. Mich frage ich das, nicht ihn, wissend, dass es mich später beschäftigen wird und ich kaum Gelegenheit haben werde nachzuholen, was ich soeben versäume. Die Möglichkeit, ihn schlichtweg in Verlegenheit zu bringen, hält mich ab.

Für den Rückweg wählen wir wegen ihrer Schönheit die gleiche Strecke in Umkehr. In einem Aushang, den wir unterwegs lesen, entdecke ich, eingeschlossen hinter Glas, eine einsame Fliege, die, schon müde, ihr Gefängnis durchmisst. Vergeblich versuche ich das Tier zu befreien, doch gibt das Türchen nicht nach, eisern hält es sich am Rahmen. Sophia, Johannes und Saned, die mich gut kennen, animieren mich einhellig zur Weiterfahrt, doch ich fahre nicht. Schließlich gibt Saned nach; mit einem Gegenstand, einer Nagelfeile ähnlich, löst er das Türchen aus seiner Verankerung, um anschließend eine notdürftige Reparatur vorzunehmen. Sophia richtet ergeben die Augen zum Himmel. Hoffentlich finden wir nicht noch eine verletzte Wildsau, sagt sie.

Danach eilen wir zurück, da das Kolorit des Himmels von der Möglichkeit zeugt, dass es auf die befreite Fliege regnen könnte. Ein Beweis dafür, dass das Schicksal auf verschiedenen Wegen seinen Vollzug erzwingt.

Zu Hause begebe ich mich unter meine Kopfhörer.

Ich bin süchtig, das sehe ich selbst. Ich höre hinge-
rissen dem Spiel Stephanie McCallums zu; sie ist
Präsidentin einer Alkan-Gesellschaft und ebenfalls
im Netz mit einer CD und Alkans Werken vertreten. Ein großer schwarzer Rabe ziert die Vorderseite
des Covers. Später höre ich die Synthesia mit Alkans Le Preux, dessen Mittelteil eine eigenwillige
Melodie führt; das Klavier wird hier wieder zum
Fremdinstrument. Dabei kann ich nicht sicher sagen, ob diese Melodie der einer Balalaika ähnelt
in ihrer hochfrequenten Schwingung. So oder so
wird sie für den Rest des Tages mein Gehirn fluten.
Selbst ein Seitenlink, der mich zu Albinonis Adagio
mit Hauser am Cello führt - beeindruckend schön -,
löscht nicht die beharrlich sich erneuernde Weise in
meinem Kopf.
Noch immer Dunkelheit im Efeuhaus. Unter dem
Gesang der Balalaika sinne ich über mutmaßliche
Stationen eines Pianisten nach Beendigung des offiziellen Konzertprogramms nach, bis ich schließlich
die Flucht ergreife und Sonja um Gesellschaft ersu-
che, ob sie Lust habe auf ein gemeinsames Abend-
essen bei mir. - Sie hat. Gott sei Dank!

51

Alkans Grille (ab Seite drei unten) macht Fortschritte. Der erste Abschnitt gelingt mir teilweise flüssig, dann wieder werde ich eine Meisterschaft im Danebengreifen starten. Auch den folgenden Teil mit der zusätzlich aufgesetzten Melodie für den kleinen Finger rechts habe ich bereits gestartet (holterdiepolter). Leider gelingen diese Passagen keineswegs flüssig und doch spiele ich sie bereits aus dem Kopf. Auf diese Weise erlerne ich das zügige Abspiel vom Blatt nie. Noch immer zähle ich die widerspenstigen Artisten auf und zwischen den Linien ab oder messe die Abstände zum Übertrag auf die Tastatur. Mühsam kämpfe ich mich durch neues Notenmaterial, doch bin ich nun willens. Das ist der Unterschied zu meinen Versuchen in früheren Jahren.

Keine Lehrerin, die voller Güte und Verständnis mein Spiel begleitet, mir Fehler aufzeigt oder Brücken stellt, wieder und wieder vorspielt, bis ich begreife oder eben nicht. Das Internet ist an deren Stelle getreten, wo ich hörend vergleiche und damit mein Spiel korrigiere.

Erneut löse ich meine Übungen durch das Hören einer CD ab, denke an Alkan, an die Zeit, in der er lebte, dann finden meine Gedanken zu Claudia, die ich vermisse und die mehr und mehr zu Luisa wird. Luisa - der mir fremde Teil ihres Lebens und der einer Person, die ich kaum noch als meine Schwester erkenne.

Ich erinnere mich der Streiche, die wir als Kinder ersannen - der Schrecken für Fußgänger, die arglos den Weg vor unserem Haus passierten -, an unsere Freude, wenn jemand uns ins Netz ging, und an die Angst vor Entdeckung. Was nur ist geschehen? Ab wann wurde Luisa aus dir, die Fremde, auf deren Weg ich posthum gelangte? Doch gibt es bisher nur diese eine Spur: DER PIANIST oder EIN PIANIST, was immer er dir war, du musst ihm alles gewesen sein.

52

Es war einmal - und in diesem Falle ist es noch immer oder besser gesagt immer wieder …
Das Buch von Peter Froundjian und Johanna Jürgensen und die DVD von Jan Ö. Meier. Husum, eine Welt wie aus dem Märchen. Keine graue Stadt, nein. Am Meer dagegen schon. In meinem Kopf das Prélude von César Franck, das den Film einleitet und beendet.
Dazu ein genialer Initiator und Leiter eines Festivals, das sicher seinesgleichen vergeblich sucht. Klug, sensibel, sicher humorvoll und vor allem von einer rührenden Bescheidenheit, fällt er mir sofort auf. Er wählte die Umgebung, das wunderschö-

ne Schloss als Veranstaltungsort, fand zahlreiche pianophile Unterstützer für einen noch überschaubaren Kreis von Liebhabern nicht alltäglicher Klaviermusik. Beinahe familiär geht es zu, wie ich vernehme. Pianisten von Rang, mit Hingabe ihrer Mission verpflichtet, sorgen für unvergessliche Stunden.

Zeiten, in denen ein höflicher Umgang gepflegt wurde, entstehen vor meinem inneren Auge. Ich denke an Alkan, dem ich mich nahe fühle, und an ein Gebäude, das er wohl nie sah. Bereits im sechzehnten Jahrhundert auf dem Gelände eines ehemaligen Klosters erbaut, wird dieses Schloss, das Jahrhunderte vor ihm in einem anderen Land entstand, ihn um weitere Jahrhunderte überdauern. Doch erlebt sein Werk nicht nur hier eine Rückkehr in das Bewusstsein musikbegeisterter Liebhaber.

Sonnabend, der 16. März im Jahre 2019

Schon in der nächsten Woche ist das Husum-Programm im Netz abrufbar. Fünf Monate noch bis zum nächsten Festival. Tage im ausgehenden August, für die ich am Montag Urlaub erbitten werde bei Sophia.

53

Drei Bücher von George Sand. Sonntag.

Licht im Efeuhaus. Menschen mit Hunden auf angrenzenden Wiesen, Bäume, unbelaubt, die die Sicht darauf freigeben. Dämmerung und Regen. Zwei Häuser vis-à-vis, zwei Fremde mit Bezug zueinander. Die Grußformel, die wir erneut aufnehmen, stehend am Fenster, einander zugewandt, in Stille. Aus der ich mich plötzlich flüchte unter Kopfhörer und ins nächste Netz. Alkan, Le chemin de fer, später die Ouverture wieder und wieder, dann gelange ich über Umwege zum Ave Maria von Caccini, höre die Lettin Inessa Galante mit einer Stimme, die mich in ihrer klaren Schönheit überwältigt (in der Regel strengen mich Opernstimmen an). Ablösung erfolgt durch die wunderbare Nadezda Filippova mit Debussy, Clair de Lune.

Draußen ist es inzwischen komplett dunkel, als ich auftauche, die Kopfhörer entferne und eintauche in das Bewusstwerden einer Verirrung, der ich ebenso zu erliegen drohe wie mein Gegenüber. Eine Verklärung, die Claudia und mich zu Luisa, Stefan Tagensee dagegen zu Alkan werden lässt.

Verlockend und verkehrt. Auf jeden Fall ver…

Ein kurzes und freundliches Telefonat mit David, das mein Abendbrot unterbricht, wird wiederum unterbrochen durch ein kaum vernehmbares Geräusch an meiner Tür - die Klingel, die plötzlich von

Schüchternheit befallen scheint, kurz und verhalten den begonnenen Ruf unterdrückend. Ich laufe in den Flur, plötzlich hellwach, mit der Sicherheit einer Seherin wissend, dass ich beim Öffnen weder Sonja noch Sophia erblicken werde.

54

Nicht Sonja, nicht Sophia, auch nicht, den ich erwartete. Meine vorauseilende Aufregung schwindet augenblicklich. Erleichtert und mit Freude begrüße ich einen der Herren aus dem ersten Stock, die mir einst so hilfreich und frohlaunig die Vorgartenpflege verkürzten.

Ich benötige sie nicht mehr, vielleicht haben Sie Verwendung dafür, sagt er freundlich, mir Notenhefte reichend. Clementi, Kuhlau, Dussek mit zweiunddreißig Sonatinen, ein Jugendalbum von Tschaikowsky und ein Czerny-Etüdenbuch.

Zu Hülf!, lache ich, mich bedankend, trauen Sie mir das zu?

Den Plumpsack habe ich leider schon veräußert, erwidert mein Gegenüber belustigt.

Bald darauf werden wir uns einig, mein unterbrochenes Abendbrot aufzustocken.

Ach, Sie spielen Klavier?, fragt sein Partner, als er zu uns aufschließt.

Humor ist eine segensreiche Gabe. Pfand für ein heiter-zwangloses und zugleich befruchtendes Arrangement, kurz, für einen schönen Abend.

55

Das Hotel in Husum für den August ist mir sicher, die Konzertkarte nicht. Im Netz hatte ich einen ruhigen Platz in einer der hinteren Ecken des Saals gefunden, wo man unbehelligt von Blicken lauschen kann, doch muss ich mich gedulden. Aller Wahrscheinlichkeit nach wird er nicht zu den begehrten Plätzen gehören und meiner harren bis zum offiziellen Verkaufsstart. So hoffe ich.
Zu meiner großen Freude ist auch Alkan im Programm, vertreten am Klavier durch Mark Viner, dem Vorsitzenden der Ehrenoffiziere der Alkan-Society.
Auf meinem häuslichen Programm heute stehen Scarlatti mit der K 141, und Alkan, Gros temps (schlechtes Wetter?). Mit der ersten habe ich Mühe, der Beginn von Gros temps gelingt mir schneller, ich kann zu Anfang die einsame linke Hand aus dem Gehör wiedergeben. Doch beschließe ich bald, meine Hausgenossen zu verschonen für den heutigen Tag.
Halb fünf am Nachmittag, 19. März, der Himmel

ist grau, Hunde auf fernen Wiesen. Ich öffne das Fenster und betrachte den Vorgarten, dessen Pflanzen, verwöhnt vom Regen vergangener Tage, sich hoffnungsfroh mit Säften füllen. Das Haus unserer Kindheit ersteht vor meinem inneren Auge; ich erinnere mich an unsere Sprünge aus dem Hochparterre, kurze Abwesenheiten der Eltern nutzend. Mutproben, die wir gemeinsam bestanden. Das Brennen der Fußsohlen, geteilte Freude über Geheimnisse und bestandene Gefahren. Unsere Erwägungen, die Sprünge zu verlagern in den darüber liegenden Stock - eine Versuchung, der wir widerstanden haben, auch wenn uns der darunter befindliche Rasen einlud und Sicherheit versprach.

Dem Sprung aus dem höheren Stock hast du widerstanden, meine Schwester, den Tabletten, mit denen du dich in den Wald geflüchtet hast, widerstandest du nicht.

Die Schwermut, die mich plötzlich erfüllt, ist getragen von dem Wissen über den Ausgang allen Seins, der letal ist, wie immer sich das Vorleben ausnehmen mag. Die Vorstellung einer Wiedergeburt ist für mich keine tröstliche. In Gedanken messe ich den Abstand zur Vorgartenerde, empfinde ihn als nicht übermäßig groß, kleine Sträucher unter mir, sichere Polster, denen ich vertraue. Ich habe nicht vor, mich umzubringen - Gedanken, die ich formuliere im Bewusstwerden eines unumkehrbaren Prozesses. Ich gewahre, bereits im Sprung, eine Bewegung am Fenster des gegenüberliegenden Hauses.

Ich springe für dich, Claudia, gegen die Trauer, gegen die Angst und die Hoffnungslosigkeit, gegen den Überdruss, der mich so plötzlich überkam, und für das Leben, Claudia, springe ich auch.

Ein hartes, gleichzeitig dumpfes Geräusch durchbricht meine Starre, als ich aufkomme, ein schneidender Schmerz durchfährt meinen Leib, Feuer unter den Füßen. Höre ich Rufe? Wenn ja, weiß ich nicht, woher.

Ich bin auf den Füßen gelandet, komme langsam aus der Beuge in die Vertikale, benommen vom nachträglichen Schrecken, erstaunt und verwirrt. War ich das? Kein Bein ist gebrochen, konstatiere ich zitternd. Langsam nehme ich Kurs auf die Haustür in der Hoffnung auf Sonja, bei der mein Zweitschlüssel lagert. So etwas Albernes, denke ich, fast ärgerlich und zugleich beschämt, und dann denke ich nichts mehr.

56

Das Ganzkörper-CT zeigt keinen pathologischen Befund, o.p.B., wie im Schreiben für meinen Hausarzt vermerkt (den ich mir erst suchen muss). Dafür Ganzkörpermuskelkater. Keine Blutung, keine Schwellung, keine Ruptur. Der Riss sitzt im Oberstübchen, denke ich bei mir. Unsichtbar für

Computertomografen. Doch bleibe ich verschont von der Psychiatrierunde.

Ein Fensterputzunfall, vernahm ich im Krankenwagen, - und ich schaltete sofort. Jemand war vor mir darauf gekommen - Stefan Tagensee, der die Rettung rief. Meine Mitbewohner sahen den Krankenwagen, nicht meinen Sprung. Drei Visitenkarten von Fensterputzfirmen zieren meinen Sekretär. Und Blumen. Es rührt mich, und ich lasse mein Gewissen ruhen für heute.

Ich telefoniere mit Sophia: Schon morgen gehe ich wieder arbeiten, ich bestehe darauf, obwohl sie mir abrät. Die Nummer ihres Fensterputzers notiere ich mir untertänigst, dann lachen wir zusammen und sie sagt, dass ich immer für eine Überraschung tauge - und das finde ich jetzt auch.

Ich denke an Stefan Tagensee, der vorgab, mein Bruder zu sein, sich Informations- und unmittelbares Besuchsrecht sichernd im Krankenhaus.

Ich stehe das nicht noch einmal durch, Catherine, hatte er gesagt. Catherine, nicht Luisa. Und ich beeilte mich mit meinen Erklärungen, die wenig erklärten, natürlich nicht. Dass dieser Sprung immer noch ausstand, gedanklich, ist ja Unsinn, das sehe ich selbst. Doch konnte ich schlecht erklären, was ich selbst kaum verstand. Ich erkannte seine Angst, die echt war, und dass es ihm nicht gut ging. Bei der mehrmaligen Versicherung, dass ich keineswegs sterben wollte, kam ich mir blödsinnig vor, nicht zurechnungsfähig, hoffte aber trotz allem auf ihre sedierende Wirkung. Ihn nicht gesehen zu haben am Fenster, vorher, ist die einzige Entschuldigung, die ich mir gegenüber vorbringen kann.

Warum haben Sie das gemacht? - Weil ich Sie kennenlernen wollte … Derartig frohe Entgegnungen wären Lutz und Franz aus dem Hochparterre eingefallen; vielleicht hätten sie Wunder gewirkt, doch erschien mir der Anlass nicht passend und ich vermied es, auszuweichen.

Was ich noch gestern erfuhr: Stefan Tagensee war Luisas Freund, nicht ihr Liebhaber. Dass seine Liebe für sie sich von der, die sie für ihn empfand, unterschied, glaube ich zu wissen, doch berühren seine Ausführungen diesen Teil nicht. Der Name des Geliebten bleibt offen. Später, sagt er, wird er sprechen mit mir, doch scheint er verwundert, dass ich nichts von ihm weiß.

DER PIANIST von der Ostsee (*Er frisst mich eifersüchtig mit Haut und Haar, und doch gelange ich nicht in seine Nähe.*). Ausgeschmückt von der Fantasie, bleiben letztlich nur Umschreibungen, die das Korsett der Ahnungslosigkeit nicht sprengen.

Was WIR erlebten mit Haut und Haar: Das Verlassen meines Bettes im Krankenhaus gegen ärztliche Anweisung für die Verabschiedung, bis ich mich plötzlich in einer Umarmung wiederfand, die die Zeit anhielt, uns einschloss in ein hochenergetisches Feld. So also ist das, dachte ich, wünschend, dass nichts diesen Zustand beendet oder durchbricht, der keiner Erklärung bedarf, der einmalig ist und sich nicht wiederholt. Das erstmalige Erkennen, Vollkommenheit, die weder Worte noch Ablenkung verträgt. Ein Wunder und deshalb ohne Bestand.

Ich habe Angst vor den Worten, die uns ins Missverstehen führen, Angst vor Freunden, Verwandten, Kollegen, die auftauchen, immer, uns teilen und neu zusammensetzen, jedoch fehlerhaft, einer missglückten Zellreparatur mit anschließender Entartung ähnlich.

Von vorne anfangen. Retten, was noch gar nicht begann.

Ich vertraue der Langsamkeit.

57

Kein Wort von Alkan bis jetzt in der Lebensgeschichte von George Sand. Stellvertretend für ihn bin ich gekränkt. Er bleibt ungenannt an Stellen, in denen ich sein Auftauchen erwartete. Sie kannte ihn, bevor er die Enttäuschung durch das Konservatorium erfuhr, soll sich zusammen mit Chopin für ihn verwendet haben; zu der Zeit war er noch begehrt. Wieso erhielt er keinen Platz in ihren Memoiren (die allerdings in meiner Ausgabe nur Auszüge enthalten)?

Noch habe ich nicht zu Ende gelesen und hoffe auf Rückblenden, die das enthalten, wonach ich suche.

Nicht ein Gedanke ist in mir, der nicht schon im Ent-stehen seinen *Namen nennt …*
Inzwischen habe ich unzählige CDs verschenkt und arbeite an seiner Rehabilitation mit Verspätung, doch im frohen Wissen, dass ich viele Gesellschafter habe, die lange vor mir erwachten und mehr bewegen können als ich.

58

22., Freitag. Wochenende. Blumen auch auf der Arbeitsstelle. Nochmals musste ich den Unfallhergang schildern. Bemüht um Glaubhaftigkeit, beschrieb ich einen Fleck am oberen Fenster außen, den ich mit einem Zellstofftaschentuch … Eine meiner Hände, die den Fensterrahmen ergreifen wollte … Und so weiter. Jedenfalls griff ich daneben. Kein Mensch, der mich kennt, wird das jemals bezweifeln. Stefan Tagensee verdanke ich, dass mich freundliches Mitgefühl begleitet, nicht jedoch jenes zugleich argwöhnisch belauernde, das Psychiatrie-erfahrenen vorbehalten ist.
Claudia, wenn ich jetzt vor dir stehe, wirst du mich verändert finden. Nicht nur, weil ich für uns sprang. Vielmehr geht es um den Folgesprung. Mithilfe deines Freundes werde ich DEN PIANISTEN finden, weiß aber nicht, ob dich diese Vorstellung quält.

Doch werde ich ihn sehen wollen, um über die Art
der Fragen zu entscheiden und ob ich sie ihm stellen
muss. Oder ob mir die Antworten Stefan Tagensees
Auskunft genug sein können.
So wie einst die Rose auf deinem Grab mir Auskunft gab über den, der sie dir verehrte.

59

Wie Phönix aus der Asche war sie vor ihm auferstanden, sein Realitätsempfinden augenblicklich
vernichtend. Im Vorgarten des gegenüberliegenden
Hauses stand sie wie die Verkörperung einer zweiten
Chance, surreal. Er hätte gezweifelt an seinem Verstand, wäre sie nicht von Personen flankiert worden,
die im Hier und Jetzt zu Hause waren. Zu keinem
Zeitpunkt war er Zeuge ihres Ablebens gewesen.
Die Nachricht darüber hatte ihn über Sebastian erreicht und schien für die Zukunft zu begraben, was
er einen Grund für sein Weiterleben genannt hätte,
wenngleich er genau dies tat - pflichtversessen, sich
durch Arbeit betäubend, Klavierunterricht erteilend
und durch den Marathon einander ablösender Konzerte. Das half im Verlauf.
Seinen früheren Gebeten, die er mit Hingabe, doch
ohne echten Glauben formuliert hatte, und der Hoffnung auf eine Verwechslung oder einen unbeding-

ten Irrtum war spät und nur bedingt entsprochen worden. Doch die Möglichkeit, Luisa könne im Haus gegenüber auferstanden sein, hätte er auch zu Zeiten seiner inständigsten Hoffnung negiert und abgetan.

Er ist nicht sicher, wie sehr er dem Schicksal zu Dank verpflichtet ist, das ihm den Zwilling bescherte. Anja Catherine, auch in ihrem Fall benutzt er den zweiten Namen.

Die Vorsicht, die er beschloss an den Tag zu legen angesichts der Übertragung, hervorgerufen durch die frappierende Ähnlichkeit der Zwillingsschwester, war seinem Empfinden nach zu schnell der Anziehung erlegen, die ihn erreichte, wann immer er ihrer gewahr wurde.

Luisa schien ihm sanfter von Gemüt gewesen zu sein als Catherine, zerbrechlicher. Doch auf die Erschütterung, die die Entdeckung ihrer Schwester bewirkte, folgte die nächste, die ihm deutlich machte, dass die Farbe einer Kopie fragiler ist und von einem auf den anderen Augenblick verblassen kann. Was ihm grausame Nächte beschert. Das Bild Catherines, wie sie, versonnenen Blickes den Vorgarten musternd, plötzlich und ohne Vorwarnung das Fensterbrett besteigt - seine Starre, bis er losläuft, zunächst in ihr Blickfeld ... aber zu spät -, weil sie bereits springt, ohne Verzögerung. Wie er sie aufstehen sieht und dann fallen.

Er würde dieses Bild gern löschen, doch weiß er um seine Ausdauer. Was er nicht weiß, ist, ob er ihr tatsächlich einen Gefallen tat mit der Erfindung des Haushaltsunfalles, oder eben nicht. Doch, sagte sie, und ihr Lächeln schien ihm überzeugend. Es wird lange dauern, bis er diesem Lächeln traut.

Dass sie eine Verabredung getroffen haben, macht es leichter für ihn. Sein Eingreifen sichert ihm eine Art Umgangsrecht, so nannte sie es, und trotz ihrer scheinbar unbekümmerten, freundlich und zugleich zurückhaltenden Art weiß er, dass er sich mehr als das sichern muss.

Der Tag war sonnig gewesen und versinkt langsam in der Abenddämmerung. Er hört das Rauschen der Fichten, als er sich in den Südgarten seines Hauses begibt, während er das ihre in seinem Rücken spürt wie eine Quelle warmen Lichts. Dann bleibt er stehen, halb in Gedanken, beobachtet den Horizont, der bereits ein Viertel der Sonne vertilgte, die ihren roten Zorn darüber auf den Himmel verteilte.

Zur Ruhe kommen - ein Bedürfnis, das er zu haben glaubt für Momente. Doch wird ihn der Anblick Catherines in der Wohnung gegenüber, später, wenn er zurückgekehrt ist ins Haus, Lügen strafen.

Sebastian Hedger.

Wir müssten noch heute fahren, ihn zu sehen am letzten Tag seines Konzertes. Rostock. Sebastian Hedger, ein Name nur, aber DER Name, der das Unglück meiner Schwester markiert. Den ich abtaste für mein Gefühl und mein Verstehen. Später werde ich im Internet finden, was mir Stefan Tagensee im Wesentlichen vorverabreichte. Sebastian Hedger, ein weiterer Akrobat aus dem Olymp der begnadeten Interpreten. Alkan, ja, unter anderem, vernehme ich. Oh.

Ob ER Kenntnis hat von meiner Existenz, kann Stefan Tagensee nicht beantworten, wie auch. Ich erkenne die Unsinnigkeit meiner Frage, noch während ich sie stelle. Und noch etwas erkenne ich - das Unglück Stefan Tagensees. Obwohl er meinem Drängen nachgibt, wirkt er getrieben. War es Luisa, die er an Sebastian verlor? Eine Frage, die mir mein Gefühl verbietet. Luisa - Sebastian nannte sie ebenso, erfahre ich. Deutlich übermittelt sich mir die Gewissheit, dass Stefan Tagensee unsere Begegnung verhindern würde, stünde es ihm frei.

Doch bleibt es dabei. Wir fahren, den zu sehen, der Messias war und Zerstörer, ihn zu hören - das zumindest.

Der Saal erbebt von überbordendem Applaus, als er die Bühne betritt. Eine kurze Verbeugung, dann setzt er sich wie in Eile und beginnt unverzüglich sein Spiel. Kein Besinnen, kein andachtsträchtiger Blick ins Leere.

Noch bin ich vom ersten Eindruck benommen. Präzise - enttäuscht. Eine hagere Erscheinung, das Gesicht wenig offen, der Ausdruck erscheint mir raubvogelartig. Seinen Bewegungen fehlt alles Geschmeidige, sie wirken zerklüftet, nicht einnehmend. Luisa und Sebastian Hedger. Sollte die Liebe einer Gesetzmäßigkeit folgen, so entzieht diese sich augenblicklich meinem Verständnis.

Doch dann geschieht etwas, das schwer zu beschreiben ist; sein Spiel verändert alles, taucht ihn wie den gesamten Saal in mildes Licht. Wie vom Schein der Heiligen umgeben, verändert sich sein Gesicht, widerspiegelt die Erhabenheit eines Heroen, wirkt zugleich beseelt und wie mit Weichzeichner veredelt. Ich kann den Blick nicht wenden und spüre den meines Nachbarn. Angespannt-analytisch zementiert er die Vorahnung, die die Wiederholung spiegelt. Ich höre Stücke von großer Schönheit ohne Kenntnis des Komponisten; zu wenig Zeit blieb mir vorher, es ist nicht mehr wichtig. Die Musik erfasst mich wie ich die Hand meines Nachbarn, ein Versprechen, bindend auch ohne Worte.

Die Vorstellung der niemals erwähnten Schwester. Ebenfalls eine Wiederholung, auch, was die Reaktion betraf.

Wie vom Schlag getroffen schien er, als er meiner gewahr wurde. Wir waren noch viele Meter entfernt, als das Erkennen die Reaktion einleitete, die mich ahnen ließ, dass sich seinen Augen und seinem Verstand etwas nicht zu Begreifendes in den Weg gestellt hatte.

Sie haben sich gegenseitig belagert, fällt mir die Beschreibung ihrer Beziehung ein, die Stefan Tagensee mir gab auf der Fahrt. Eine Beurteilung, die Luisa aus dem einsamen Opferstatus entlässt.

Anders als erhofft, stelle ich kaum Fragen. Sebastian Hedger, jetzt relativ gefasst, sucht meine Augen während unseres freundlich interessierten Gesprächs. Ich habe die Fragen verloren, während er sich zurück in den verwandelt, den ich beim Betreten der Bühne erblickte. Eine beinahe unmerkliche Bewegung nehme ich wahr, als sein Blick von mir zu Stefan Tagensee wechselt, ähnlich dem Aufnehmen und Verarbeiten einer schwer vermittelbaren Konstellation.

Etwas, dem Gefühl einer Verantwortung gleich, drängt mich zur Verabschiedung. Hier und in diesem Moment glaube ich zu erfahren, dass es Dinge gibt, die sich nicht aufklären werden, wie sehr ich auch mit deren Lösung beschäftigt war. Mehr noch, die ich ruhen lassen muss. Für ihn, der nicht ruhte bisher.

Rostock. Weiter werde ich nicht gehen. Zumindest glaube ich das. Abschied ohne Wiederkehr. Notwendigkeit und Einsicht.

Weder auf der Heimfahrt noch im Anschluss daran kann ich den Inhalt unseres Gesprächs sicher rekonstruieren. Blicke bleiben mir, Gesten und das Gefühl eines willkürlichen Schnittes.

Ich hatte die Wahl - und wählte.

63

Claudia, Luisa. Meine Lilie teilt sich den Platz mit seiner Rose. Verzeih, dass ich auch diesmal Besitz ergriff. Und begriff. Wir blieben einander verbunden, doch hast du dich gleichzeitig befreit vom Joch des Doppeldaseins, nicht grundlos, wie ich erkennen muss. Und du befreitest dich von Sebastian Hedger, den ich bestrafen wollte dafür. Doch unsere Konfrontation in Rostock fiel anders aus als erwartet. In all der Zeit davor hatte ich Szenarien vor Augen, sämtlich dramatisch und folgenschwer. Er sollte mich sehen, was ich im Nachhinein eitel finde, sollte erschrecken - was mir gelang. Er sollte leiden (hatte er das nicht bereits?). Die Rolle war festgeschrieben; ich würde die Rächerin sein und im Recht, ihm hatte ich den Part des Schuldigen zugedacht. Doch schwindet meine Sicherheit mit jeder Information, die ich erlange. Eigene Versäumnisse wägend, gelange ich mehr und mehr auf Nebenwege. In ruhigeres Fahrwasser. Diesen Teil betreffend. Langsamkeit nahm ich mir vor - war jedoch ohne Geduld. Etwas lastet auf mir, von dem ich nicht sagen kann, welchen Teil davon ich nicht verdaue.

Claudia, denke ich und gewahre im gleichen Moment, dass ich Gesellschaft bekomme. Dankbar erwidere ich das Lächeln meiner Trauergefährtin, deren Grab ich später hingebungsvoll verziere. Linien ziehen, eine Beschäftigung, scheinbar sinnlos, deren therapeutischer Wert mir augenblicklich aufgeht. Bestätigend zwängt sich die Sonne für Momente durch regenschwere Wolken.

Wir leben.

Nicht ohne Auftrag. Einen davon glaube ich zu kennen. Mich betreffend. Ich kann ihn hören, doch sind es keine Worte, die ihn formulieren. Musik. Und ein Name, dessen Nennung allein mir ein Universum erschließt.

64

Seine Haltung verrät kaum etwas vom emotionalen Sturm, den sein Spiel auf mich überleitet. In aufrechter Position sitzend, begann Stefan Tagensee seinen Vortrag gleichfalls ohne augenscheinliche Sammlung im Vorfeld. Ich sehe wenig von seinen Händen, dafür sein konzentriertes Gesicht, beeindruckende Augen, die männlich starke Nase mit schmalem Rücken, gut geformte Lippen, die an Volumen verlieren beim zeitweisen Aufeinanderpressen.

Für einen Moment der Angst spüre ich die Versinnbildlichung - das Konzert für Soloklavier. Er gibt es für mich, doch bleibe ich Zuhörer, er Vortragender, jeder für sich sind wir allein. Solo. Selten drängte sich mir ein Vergleich mit solch schonungsloser Deutlichkeit auf. Ich denke an David, an Luisa, daran, was war und was kommen wird, bis mein aufkeimender Pessimismus in Girlanden perlender Arpeggios erstickt.

Das Haus Stefan Tagensees, dessen Wände die Töne aufhalten und potenziert zurückleiten, beherbergt eine Gefangene. Gebannt und bewegungslos verberge ich den Orkan in mir. Ich sitze seitlich, erfasse den Ausschnitt, der meine Fenster im Haus gegenüber zeigt. Wie alt darf man sein, um ungestraft an vollendetes Glück zu glauben?

Stärker als je zuvor fühle ich die Mission, der sich

schon andere verschrieben, die sich besser eignen zu deren Erfüllung. Stefan Tagensee ist einer davon. Ich beobachte die Geste, die nach Beendigung des Konzertes unweigerlich seine Hand zur Kehle geleitet, sie ist mir vertraut durch meine Besuche im Netz.

Mir ist schwindelig, als ich mich schließlich erhebe. Verabredungsgemäß gehe ich nach unserer Umarmung, die den Abschied einleitet. Dabei ziehe ich sie dem Abschied unbedingt vor. Man kann nicht beginnen, was schon begann. Doch will ich mir Zeit lassen, das deutlich zu machen.

65

Ich habe die Wippe gefunden. Die bei Wiederholung weniger daran erinnert, als in meiner Vorstellung. Sie hat Zwischenschritte. Doch leitet sie gleichsam eine Art Balance ein. Alkan, als hätte ich es gefühlt, vielleicht aber nur gewünscht. Petite fantaisie, Nummer zwei, Andantino. Und das nicht wippende Folgestück Nummer drei, Presto. Stefan Tagensee war erstaunt, dass ich nach einmaligem Hören … Immerhin hat er erkannt, wonach ich suchte, als ich die erinnerten Passagen sang.

Meine Wippe - und die enthaltene Rebellion in beiden Teilen. Hörte ich auch weitaus Schöneres inzwischen, bleibt sie trotz allem die Verkörperung einer totalen Gefühlsvereinnahmung. Und sie legte mir ein Ziel vor, das mich immunisiert gegen die Anfechtungen des Alltags. Der sobald nicht einkehren wird, denn ich fand Alkans Bruder (mit etwas Fantasie), der mich begleiten wird auf meinem Weg. Ich habe ihn verdient, finde ich.

Charles Valentin Alkan. Wie sehr hat er mich bewegt zu einer Zeit, die der seinen so fern scheint. Er baute die Brücke, die sich meinem Verstehen öffnete, überwand die Mode und die Zeitgrenzen. Versonnen verliert sich mein Blick in den Zweigen des Nussbaumes gegenüber.

Es soll sein, denke ich, dass man irgendwann auf jemanden stößt, der ein Genius ist, kein Gott, den man mehr lieben kann als sich selbst - dessen Glut imstande scheint, die Menschheit zu erheben und zu befeuern, ein Feuer, das Jahrhunderte überdauert und überwindet, uns zu retten und zu bewahren, sodass man künftig Botschafter sein muss, diese Glut zu erhalten und weiterzugeben, gleich einer Fackel, von Träger zu Träger gereicht, um die Flamme zu nähren, die uns dem Mittelmaß enthebt.

Dagmar Graupner
Sand überall

Dagmar Graupner
Die Bergung des Lichts

»Ungastlich fegt der Wind über den Strand, erklimmt die Barriere, kämmt das Gras, zwingt seinen Gesang in die bewegten Wipfel der Bäume.
Der Steilhang zur Küste beherbergt Ture Nordén, der schon seit Stunden auf der Lauer liegt...«

Die Auffindung der als vermisst gemeldeten Kathrin Dewegen in einer Ferienhütte an der Ostseeküste bringt Kommissar Ture Nordén in einen schweren Gewissenskonflikt.

Tanjas Tochter Laura erkrankt im Alter von 18 Jahren an Schizophrenie. Gleichzeitig erliegt Tanja der Anziehung ihres verschlossenen Nachbarn.

Verlag:
R.G.Fischer, Orber Strasse 30,
60386 Frankfurt/Main
je 9,80 €

Dagmar Graupner
Flug der Mondschwalben

Die fantasievolle Romy Ascehave ist ihrem eigentlichen Beruf entflohen und arbeitet in einem Auktionshaus. Dort begegnet sie dem genialen Komponisten und Saxofonisten Sten Harden, der ihr Gedicht über die Mondschwalben vertont, ein Werk, das später zur Filmmusik erkoren wird.

In einem der Arbeitsalben Sten Hardens stößt Romy eines Tages zufällig auf die Briefe einer fremden Frau, die sie fortan beschäftigen werden. Stück für Stück bohrt sich ein Stachel in ihre scheinbare Zufriedenheit. Von da an häufen sich die Ereignisse, die dazu führen, dass Romy das sicher geglaubte Gebäude ihrer Lebensplanung einstürzen sieht.

Verlag:
R.G.Fischer, Orber Strasse 30, 60386 Frankfurt/Main   9,80 €

Dagmar Graupner
Schmetterlingswehen

»Windschiefer Monat November, Laub fegt mit herbst-klammem Geflüster über den Gehsteig, Frostskizzierun-gen an den Fensterscheiben. Erstes Eis, das vom Dach sich löst und am Boden zerschellt. Wie eine Leihgabe der Schneekönigin liegen die klarkaltglitzernden Eiskristalle feil. Nun muss es sein, Sophie, es hilft nichts sonst …«

Muss ich ein Verbrechen begehen, damit Sie mich sehen?
Sophie Wildenhain, Co-Therapeutin in einer psycholo-gischen Praxis, versucht schreibend ihrer Obsession zu begegnen. Hinter den Fenstern ihres Dachbodenraumes ersinnt sie einen abenteuerlichen Plan.

Verlag:
R.G.Fischer, Orber Strasse 30, 60386 Frankfurt/Main   9,80 €

Dagmar Graupner
Licht, das durch Blätter fällt

»... sie soll nichts wissen von einem Bett, unwirtlich auf sandigem Boden, von Bäumen, zu stummen Zeugen bestellt, die mitunter Vögel ausspeien wie Vulkane die Asche, von meinem Körper, aus dem die Liebe schwand (in meinem Kopf wohnt sie weiterhin); vielleicht war es sogar ihr Rad, dessen Pedal sich in meinen Speichen verhakte, Speichen, die meine Wade verletzten, als ich wie wild daran riss.«

Ein sonniger Tag im November und eine Frau, die den Wald durchquert, um an einen See zu gelangen – sie wird dort nicht ankommen.

Verlag:
tredition Hamburg   7,99 €

Dagmar Graupner
Text & Kolorierung

Anja Roth
Zeichnungen

Otto Dieb, der Elstergatte

Eine bunte Tiergeschichte mit Anhang zum Ausmalen.
24 Seiten

Bezug über:
Potsdamer Philatelistisches Büro GmbH,
Apfelweg 12, 14469 Potsdam   z.Z. vergriffen

Zeitfracht Medien GmbH
Ferdinand-Jühlke-Straße 7
99095 Erfurt, Deutschland
produktsicherheit@kolibri360.de